成长也是一种美好

区块链创业记

陈 炯 芮苏英 冯 春 陆 晟 著

人民邮电出版社
北京

图书在版编目（CIP）数据

春哥区块链创业记 / 陈炯等著. -- 北京 : 人民邮电出版社, 2019.1
ISBN 978-7-115-50328-2

Ⅰ. ①春… Ⅱ. ①陈… Ⅲ. ①长篇小说－中国－当代 Ⅳ. ①I247.5

中国版本图书馆CIP数据核字(2018)第278135号

◆著　　　陈　炯　芮苏英　冯　春　陆　晟
责任编辑　朱玉芬
责任印制　周昇亮
◆人民邮电出版社出版发行　　北京市丰台区成寿寺路 11 号
邮编 100164　　电子邮件 315@ptpress.com.cn
网址 http://www.ptpress.com.cn
三河市祥达印刷包装有限公司印刷
◆开本：720×960　1/16
印张：14.5　　2019 年 1 月第 1 版
字数：154 千字　　2019 年 1 月河北第 1 次印刷

定　价：49.00 元

读者服务热线：（010） 81055522　印装质量热线：（010） 81055316
反盗版热线：（010） 81055315
广告经营许可证：京东工商广登字20170147号

序

一个初夏的傍晚，我在武汉和一位朋友刚吃完小龙虾回到酒店，就接到了远在北京的大学同班同学小芮（书中小睿的原型）的电话。

在电话中，小芮压低声音用很神秘的口气跟我说，有事找我商量。我微微一怔，暗地琢磨该不是有什么大买卖要拉我入伙？我赶紧走到酒店电梯间拐角处，同样压低声音说道："我在武汉出差，有什么指示？"

接着，小芮便把关于写一本区块链的书的计划跟我说了一遍，并反复强调国内有口皆碑的人民邮电出版社愿意出版此书。我说这是好事，知识分享本就是这个时代的趋势，况且现在区块链也正大热，抓住时机出本书也不是什么坏事。于是我立刻对小芮的计划致以崇高的敬意，并表示愿意给予精神上的大力支持，还不忘送上新书热卖的真诚祝愿。

接着，小芮告诉我，师出同门的春哥和大师兄都已经上了"贼船"，现在三缺一，他们都觉得我加入最合适。

2003 年，我从某工科院校计算机系研究生毕业后进了一家央企，几年前辞职开始从事早期的风险投资和上市公司的产业并购，对于区块链也进行过一些学习和研究，但就学习的广度和研究的深度而言，还达不到可以出书的程度。我很诚实地表达了自己力有不逮，忝列技术大咖队伍之中（他们三位从学校毕业后一直在全球顶尖的科技公司从事技术研发工作），担心拖了大家的后腿。

小芮也很坦诚地告诉我，技术部分不用我负责，他们只是希望我将区块链的技术主题串成一部完整的小说。小芮还特意叮嘱这是出版社的要求。

10 年前，我以笔名“粮食与思想”在天涯和微博上创作了两部长篇小说，其中一部出版了实体书，另一部被上市公司购买了电视剧的改编版权。彼时我仅仅是把信马由缰地写小说当作一种爱好，如今万万没想到这种爱好还能用在一部技术类著作的写作上！这不能不让我感到兴奋。

在与另外几位作者进行的前期讨论中，我们认为用小说的体例来写一本技术类著作有以下两个好处。

第一，可以把复杂晦涩的技术原理讲得通俗易懂。对区块链而言，无论是“白皮书”等技术文档，还是相关的技术协议，都只适合专业人士阅读和参考，并不适合普通人了解和学习。然而，在科学技术快速发展的今天，大数据、人工智能、物联网、区块链等新名词、新技术层出不穷，并渗透到每个人的日常生活中，非专业人士也有了解和学习的必要性及迫切性，所以“用接地气的方式，深入浅出地把技术原理讲得外行人都能明白”就变得越来越有意义，这也是我们在写这本书时遵循的最大原则。

第二，在小说中构造案例和场景，可以把抽象技术的实际应用讲述得更加直接明了。任何一种新技术的出现、发展都与现实生活、工作密切相关，纯技术的书籍往往侧重阐述技术原理，而忽略了技术原理如何在实际生产和工作中落地应用，这似乎有点本末倒置。在《春哥区块链创业记》中，我们通过案例详细介绍了区块链能否在某些具体行业中应用，希望能帮助读者更好地理解区块链。当然，作为一家之言，我们的观点难免有失公允，但是我们的初衷是想告诉读者，区块链这种技术也有局限性，并不是包治百病的“大力丸”。

说回区块链技术本身，让我们把时间回拨到2018年春节。彼时全国人民还沉浸在新春佳节的喜庆氛围中，而国内的投资圈却悄然出现了一个令人焦虑的传闻：没有入“3点钟不眠区块链社群”，我是不是错过了两个亿。据说“3点钟不眠区块链社群”是一个汇集了投资界大佬、娱乐界大咖以及区块链创业者的微信群，大家都在群里“指点江山”，热情憧憬即将到来的区块链创业时代。短短的一个春节，“3点钟不眠区块链群”却已经让国内的链圈、币圈、投资圈、娱乐圈等圈子都如魔怔般疯狂了起来，“3点钟”也成了一个积极拥抱区块链的代号。群里面的各位大咖每天都针对区块链这个话题纵横论战到凌晨3点，更有激进者认为，在区块链创业时代即将到来的日子，每天连睡觉都是在浪费时间。

我没有资格跻身“3点钟不眠区块链群”，也无法考证这些传言的真伪，但我相信这个群中一定有人已经清楚区块链技术的本质并坚信其未来前途无限，因此感到无比激动。但其中也一定有心存侥幸者，渴望趁此机会投机一把。但无论怎样，面对汹涌而来的热潮，我们都有必要搞清楚区块链究竟是什么，区块链的技术基础是什么，以及区块链究竟能做什么。

《春哥区块链创业记》是我们试图简单易懂地讲述当下创新技术的一次有益尝试，我们甚至希望能有机会做一套丛书，来介绍那些不断改变人类工作和生活的新技术、新产品。当然，受限于作者的认知程度，我们在书中的观点很难确保毫无漏洞，因此我们真诚地欢迎各位读者和相关人士批评指正。

陈炯

目录

引言

春哥的回国之路

在硅谷区块链独角兽公司 BetaPoint 任技术总监的春哥，为了解决婚姻大事辞职回国，但更重要的原因是他打算回国在区块链领域进行创业。在回国的飞机上，春哥还邂逅了一个他以为有“公主病”的美女……

春哥姓冯，在家中排行老二，所以春哥的全名，不说大家大概也能猜到，很接地气，同时具有浓浓的乡土气息。

春哥在国内读了4年本科，接着又花了6年时间在大洋彼岸的美国某藤校拿了CS① 的博士学位。博士毕业后，春哥放弃了留校当助教的机会，去了硅谷。表面上说是游历四方之后，才具备传道受业解惑的能力，其实是因为藤校Boss给的工资太低了，仅够养家糊口。

硅谷是所有计算机码农（程序员）心目中的圣地，在春哥看来，不去硅谷的码农不是好程序员。在硅谷的每一天，春哥都被激动和兴奋所包围，不仅因为创业公司在硅谷遍地开花，更吸引人的是常常每十天半个月就传出有公司被Google、Facebook、苹果、英特尔、思科等巨头花数十亿美元收购的消息，这让春哥每天都生活在憧憬与希望之中。在这里，昨天还在车库埋头写代码的穷小子，今天可能就变成了身价上亿的富豪，迎娶白富美、当上CEO，从此走上人生巅峰，春哥觉得这才是自己的人生目标。

虽然很含蓄地给自己定了"先赚一个亿的小目标"，但是始终保持理性的春哥很清楚，现在自己并不具备创办公司的经验和条件，与其盲目试错，不如先看看别人是怎么做的。在反复考察了多家公司之后，春哥去了一家名为BetaPoint的初创公司，找了一份正经八百的码农工作。

① CS在此不是指游戏《反恐精英》，而是指computer science（计算机科学）。

BetaPoint 是一家为金融机构提供区块链解决方案，对数字资产进行存储、跟踪和交易的金融技术公司。该公司在两年前成立，成立之初就有一家硅谷的风投基金给了 135 万美元的天使轮投资。去年 BetaPoint 在一家北美的区域性银行完成了区块链平台的技术证明试验，试验结果证明区块链去中心化技术可以弥补其几十年的系统缺陷。接下来 BetaPoint 的发展可谓顺风顺水，不仅开始为多家银行提供区块链技术服务，还与芯片巨头英特彼建立合作关系，为其数字资产提供新的安全解决方案。

春哥在读博士期间详细研究过区块链技术，对 BetaPoint 技术架构和产品上手很快，加上春哥出众的编码能力和勤奋的工作态度，在入职半年后老板就给春哥升职加薪。

春哥工作很勤奋，一方面是因为春哥对 BetaPoint 公司给出的薪酬很满意。一般而言，硅谷高级码农的年薪在 14 万到 17 万美元之间（折合人民币约为 92 万元到 112 万元）；中级码农的年薪在 13 万美元左右（约合人民币 85 万元）；初级工程师的年薪在 12 万美元左右（约合人民币 79 万元）。而春哥现在的薪酬是多少呢？已经超过了 25 万美元，这在硅谷这个富裕的地区基本算是顶级码农。中国人讲究礼尚往来，既然老板给了这么高的薪酬，春哥当然也要让老板获得更多的利润。

另一方面，作为一个一直对技术革新有很高敏感度的 GEEK（极客），春哥越来越强烈地认识到区块链具备很大的潜力。2008 年，日裔美国人中本聪在讨论信息加密的邮件组中发表了一篇勾画比特币系统基本框架的文章，与此同时，BetaPoint 与北美几家大银行在区块链领域的合作逐渐深入，更让春哥坚信，去中心化的点对点交易以及共识机制的信任背书一定会成为未来金融交易的趋势之一。

然而事与愿违，正当春哥事业发展如日中天的时候，远在国内、急于抱孙子的父母隔三差五地打电话、发微信，催促春哥回国相亲。

已过而立之年的春哥如今还是单身一族，情人节、圣诞节都在公司加班。作为冯家这一代唯一的男丁（春哥有个大姐，已经出嫁），春哥担负着为冯家“传宗接代”的重任。

在与老爸老妈博弈了三个月后，心急火燎的老妈给春哥下了最后通牒：年底前必须回国，否则逐出家门! 这等狠话让春哥心惊胆战。

与此同时，春哥也注意到国内的创业活动开展得如火如荼，身边不少师兄弟都陆续离开美国回国创业。经过反复权衡之后，春哥将辞职信递到了老板桌上……

在从旧金山飞往北京的航班上，春哥心潮澎湃，勾勒着回国创业的美好蓝图。他考虑着如果这次回国创业一切都顺利的话，就会一直扎根在国内，不会再回美国了。

春哥透过机舱窗户看了一眼舱外，月亮静静地悬挂在窗户外边不远的地方，似乎伸手就能摸到，周围还有几颗若暗若明的星星。

春哥看着看着，就不自觉地睡着了……

春哥旁边坐着一位漂亮的女孩，女孩长发披肩，皮肤白皙，虽然是素颜，但是精致的五官还是让人看一眼就对她印象深刻。女孩正在翻阅一份厚厚的报告，还不时地在报告上做笔记。

忽然女孩感觉右边的肩膀一沉，略微转头一看，只见熟睡中的春哥竟然毫无知觉地靠在了她的肩膀上。女孩皱了皱眉头，有些不悦，她放下手中的铅笔，轻轻地拍了拍春哥的肩膀。

被拍醒的春哥揉了揉眼睛，发现自己失礼，赶紧换了一个方向，靠在飞机的舷窗边继续自己的美梦。

沉浸在美梦中的春哥是无法控制自己的睡姿的，在飞机遇到气流颠簸了几下后，春哥又倒向了女孩那边，再次靠在女孩的肩膀上。女孩不耐烦地再次把春哥拍醒，眼神中满是不悦。

在硅谷三年，已经不修边幅的春哥此刻满脸胡茬儿，头发乱蓬蓬，身上的衣服也皱皱巴巴的，在女孩看来就不像好人，女孩认为，他两次故意装睡就是想占自己的便宜。

看着春哥又昏昏沉沉睡过去了，女孩担心春哥又要故伎重演，于是按亮了服务灯，对空姐说要求换座位。但是空姐的回答让她失望，今天的航班是满员的，已经没有空闲的座位了。女孩看了看手表，发现飞机还有三个小时才能着陆，她心里感到一阵悲凉。

不一会儿，春哥均匀而有节奏的打呼声又响起来了，姑娘嫌弃地看了春哥一眼，赶紧从包里掏出一副耳机，塞进自己的耳朵里。

“我们的航班将于 45 分钟后降落在首都国际机场……”飞机广播里空姐甜美的播报声让春哥从梦中醒过来。春哥揉了揉惺忪的睡眼，发现自己此刻正靠在女孩座椅靠背的侧边上，原来女孩为了防止春哥的“骚扰”，已经把座位靠背调直了。

春哥尴尬地笑了笑，连忙对女孩道歉说：“对不起，对不起！”

女孩的目光依旧停留在手里的报告上，表情冷漠，对春哥的道歉充耳不闻。

春哥也有些郁闷，心想这种事情也不是自己能控制的，况且这个女孩子也不是头一次坐飞机，对这种事用得着这么介意吗?

飞机终于着陆了，女孩迅速起身离开座位，像躲瘟神一样头也不回地挤进了过道，朝出口走去。

春哥见状，咧了咧嘴，又耸了耸肩，心想，现在有公主病的女生还真不少。

第一章
组建团队

为了说服在宏软做项目经理小师妹小睿加入自己的创业团队，春哥从技术角度给小睿讲清楚了区块链的用途、实现原理以及安全机制，同时还给小睿画了一个大饼：区块链的征途是星辰大海……

回国休息了两天，春哥便开始忙碌起来。倒不是因为七大姑八大姨安排的相亲对象太多，让他疲于应付，而是他想要赶紧把创业团队搭建起来。

对于创业团队的人选，春哥首先想到了当年实验室的师妹小睿。小睿在国际知名的软件公司宏软工作，目前是宏软资深的软件项目开发经理，手下的码农不下20人。

春哥是个急性子，第二天下午就打车到了宏软公司总部。笑容可掬的前台小姑娘热情地接待了春哥，问明来意之后立刻给小睿打了电话，通知她有人找。

不一会儿，一个身材瘦削的女孩子风风火火地朝前台走来。春哥老远就听见了高跟鞋在大理石地板上有节奏的敲击声。从女孩子走路的姿势来看，春哥便笃定来人就是小睿。

春哥远远地朝她挥了挥手，喊了两声："小睿！小睿！"

小睿三步并作两步快速走到前台，目光惊异地上下打量了春哥几遍，又惊又喜地说道："天呐，春哥，真的是你！你不是在美国吗？"

"前两天刚回来！"春哥回答道。

"怎么也不事先通知一下，让人有个准备……"小睿喘了口气，拍了拍胸口，平复了一下自己激动的情绪，然后伸手拽住春哥的胳膊说道，"走，去旁边的茶社，给我详细汇报一下这几年在美国的情况！"

春哥忍不住笑了起来，好多年没见，小睿穿着打扮明显比以前成熟多了，已经不是当年那个懵懂无知的小师妹了，但是风风火火的性格却丝毫未变。这个世界就是这么奇妙，有些事情会随着时间改变，而有些事情却似乎永远不受时间的影响。

两人在茶馆坐下，略微闲聊了一下近况，便步入正题。

小睿叫了一壶碧螺春，喝了两口，然后看着春哥略带调侃地说道："春哥，你这次回来不只是为了娶妻生子吧！"

春哥笑了笑，倒不避讳这个话题，说道："相亲只是原因之一，还有一个更重要的目的，我已经决定回国创业了！"

小睿的眼神中流露出一丝惊异的光芒，继续问道："现在创业可是个潮流，最近我们公司也有不少人辞职创业。那么你打算做哪方面的项目？"

"区块链！"春哥斩钉截铁地说道。

"区块链？这个在国内可是个大风口，听说从年初到现在，国内区块链项目的融资已经不下20亿元，现在搞IT的，如果没听说过区块链，出门都不好意思跟人打招呼。"小睿有些惊讶地说道。

春哥端起面前的茶杯，喝了一口，说道："截至去年年底，全球区块链创业公司超过1 600家，融资总额近20亿美元。而在中国，区块链公司已经超过320家，其中73.07%集中在北上广深，融资总额达89.14亿元，超过六成的公司目前处于种子轮和天使轮阶段……"

春哥如数家珍地罗列了关于区块链的统计数据，小睿仿佛又看到了当年那个数字控，那个一直被她奉为偶像的春哥。

"好了，好了……"小睿故作不耐烦地打断春哥，"我知道区块链现在是全球最大最热门的风口，但就因为这个，你就选择区块链进行创业？"

春哥把手中的茶杯放回到桌面上，认真地看着小睿，反问道："这么多年，你认为我会是那种随波逐流的人吗？在硅谷这三年，我一直从事区块链相关工作，我相信这绝对是个颠覆性的技术！”

“呵呵，错怪你了！错怪你了！”看着春哥愤愤不平的样子，小睿连忙以茶代酒表示歉意，“我们宏软公司有个团队也在做区块链，之前听过几次他们搞的讲座，说实话，我觉得他们并没有完全看明白区块链未来的方向，要不今天你给我扫扫盲？”

小睿摆出一副谦虚好学的样子，春哥自然不会拒绝。况且春哥今天的目的就是要拉小睿入伙，如果不给她讲明白，小睿怎么会心甘情愿上自己的“贼船”呢？

春哥喝了一口茶，啧了啧嘴，看似无意地说道：“这碧螺春比起龙井来，似乎要差上那么一点半点！”

小睿摇了摇头，指了指春哥，笑着说道：“春哥，你被带坏了！”

春哥脸上露出得意的笑容，揣着明白装糊涂地说道：“怎么被带坏了？我刚才说错什么了吗？”

小睿也懒得跟春哥掰扯了，招手把服务员叫过来，点了一道上好的龙井。

春哥整理了一下思路，然后不紧不慢地说道：“要想搞清楚区块链是什么，应该从发明者的角度去思考为什么要发明区块链以及区块链能解决什么样的问题。”

小睿点了点头，说道：“我只知道区块链跟比特币有关。”

春哥继续说：“你说得很对，区块链发明的初衷就是为了解决比特币记账的问题。比特币的设计是去中心化的，因此在比特币的系统中不存在像银行这样的机构来记录比特币的交易。这样，问题就来了，如果我向你支付了1个比特币，要如何记录这笔交易呢？如果仅靠交易双方，比如你和我，这显然不行，因为只要任何一方抵赖，这个问题就理不清了。”

小睿皱着眉头想了几秒钟，接着说道：“这并不难吧！找一个大家都信任的人来记账不就可以了？”

春哥摇摇头：“在比特币的网络环境下，人们之间没有任何信任关系，因此找不到一个大家都信任的人。而区块链就是为了解决这个问题，它的做法是把交易告诉所有人，让所有人一起记账。每个人的账本就是一个区块，每个区块都记录着所有人的交易。与此同时，每个区块都有个叫 hashPrevBlock 的标签，这个标签记录着上一个区块的信息。这样一来，所有的区块按照时间顺序串在一起，形成一个链。”

小睿想了想，说道：“如同火车车厢，一节车厢挂一节车厢！”

春哥点了点头，说：“可以这么说。区块链的第一个区块，叫作创世区块，英文叫 Genesis Block，是系统建立的时候生成的，按照你刚才的比喻，创世区块就是火车头。”

春哥拿出纸笔，给小睿画了张图（见图 1-1）。

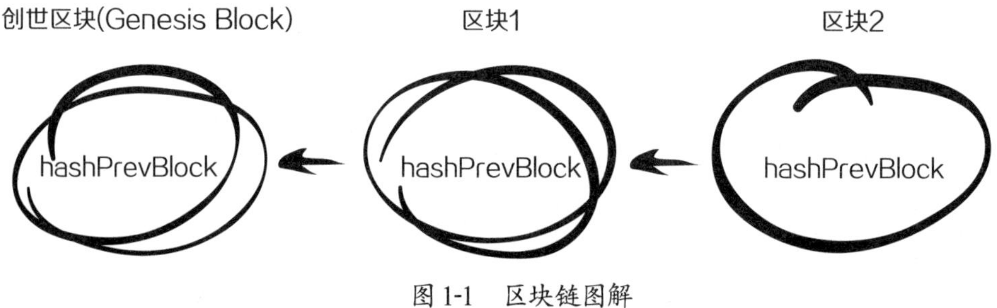

图 1-1　区块链图解

画完后，春哥在图的上方写下几个大字：区块链 = 区块 + 链。

小睿看着春哥画的图，对区块链的认识又加深了一步，说道：“我有点明白了。按照你刚才的解释，区块链本质上是一个分布式账本，传统行业中由银行负责记账，银行说你账上有多少钱就是多少钱；而区块链是大家一起记账，大家公认你有多少钱你才有多少钱。”

春哥对小睿的理解能力表示了赞许："说的没错！区块链可以理解成一个分布式的数据库，不过这个数据库跟普通数据库有点不一样。普通的数据库可以添加、删除、更新记录，但是区块链有点死心眼，只能添加区块，却很难更改和删除已有的区块信息。因此，交易一旦被区块链记录在案，就很难被篡改。"

"我有个小问题。"小睿赶紧插话问道，"如果我自己创建一个区块挂在区块链上，然后说说宏软公司是我的，等到这条消息被其他人记录下来，以后就算有人发现了问题，也无法更改，那宏软公司岂不是真的成了我的？"

春哥笑笑，说道："这是个好问题！区块链的设计者显然不会这么笨，留下这么大一个后门给你。每个区块记录的交易信息都必须由交易双方进行数字化签名，数字签名都是唯一的，别人无法伪造。所以如果你宣称宏软公司是你的，那在宏软公司的交易凭证上需要有你和盖茨比先生（宏软公司的创始人）的签名才行。"

小睿皱着眉头思考了一会儿，说："这么说，区块链利用数字化签名来保证交易的真实性，这个方法看上去比较传统，没什么新意！"

"嗯，虽然传统，但它是最有效的。"春哥回答道。

小睿喝了两口茶，把刚才春哥讲的关于区块链的架构和数字签名的内容在大脑中过了一遍，才继续说道："仔细想想，区块链这玩意儿还有点意思。"

春哥点了点头，心想，只要小睿对区块链技术感兴趣，那么接下来的游说工作就会容易很多。

"小睿，你有没有想过，银行会为每个用户保存余额信息，那么在区块链中，账户余额信息存在哪里？"春哥给小睿的茶杯里续了一点水，接着问道。

"肯定是存放在区块链的区块里！"小睿不假思索地回答道。

"NO！"春哥摇了摇头，否定了小睿的答案，不紧不慢地说道，"刚才我已经说过了，区块只保存交易的信息，不保存每个用户的信息。”

“OK！我知道了，每个用户自己存储自己的余额信息，是吗？”小睿立刻改口说道。

“恭喜你——”春哥狡黠一笑，看着小睿脸上露出了得意的神情，顿了顿才又继续说道，“又错了！如果存放在自己这里，那岂不是可以自说自话，自己说有多少就是多少？”

小睿郁闷地看着春哥，愤愤不平道：“连挖两个坑，看着我义无反顾地跳进去，你心里面才舒爽，是吧！”

春哥嘿嘿笑了两声：“只有掉进坑里，你才会印象深刻！事实上，区块链不保存任何账户的余额信息。在需要的时候，就把区块中记录的交易都汇总一遍，余额自然就算出来了。”

“这也太笨了吧！每次都要翻所有账本。“小睿有些不太服气。

“但是没有比这更加可靠的方法了，有时最笨的才是最好的。”春哥不紧不慢地说道。

“呵呵，你在说你自己吗？”小睿笑着挤对了春哥一句，总算是扳回点面子。

随着两人对区块链的讨论不断深入，小睿的问题也越来越多。还好春哥有备而来，加之小睿的理解能力很强，所以很多问题只要春哥稍加点拨，小睿便能融会贯通。

茶社的服务员过来给茶壶中续了水，小睿看着透明玻璃茶壶中上下翻飞的绿色叶片，忽然又想到一个关键问题，忙不迭问道：“如果说区块链是分布式账本，那么记账的时候如何保持账本的一致性呢？如果出现不一致又该如何处理呢？”

春哥冲着小睿竖了竖大拇指，说道：“这个问题问得非常好！既然你提到了区块链一致性问题，那就不得不讲讲区块链中一个非常重要的机制——共识机制。不过在讲共识机制之前，我们要先谈谈什么是‘挖矿’。”

“呵呵，‘挖矿’我倒是有所耳闻。我有个手下，年初找我借了几万块钱买了两台‘矿机’，不过我问他什么是‘挖矿’时，他说不清楚，正好你今天给我解释一下！”

“好，所谓‘挖矿’就是对一个字符串做两次哈希计算，求得一位前 23 位为 0 的哈希值，这个值称为 nonce 黄金数。那些‘矿机’就是找这个字符串的电脑，它们用暴力穷举的办法，拿字符串一个一个试。”

“这种方法够笨的！”小睿有些不屑地说道。

“虽然笨，但是很公平，这种方法拼的就是算力，没人能够作弊。”春哥想到自己当年试图找到捷径来加快“挖矿”速度却未果，感叹道。

“接下来呢？”小睿迫不及待地问道

“当全网有一位‘矿工’算出哈希值之后，他就会把自己打包的区块公布出去，其他节点收到区块并验证后，就会一致认为这个区块接到了区块链上，它们就会继续计算下一个哈希值，这就是共识机制。”

小睿津津有味地听春哥讲完共识机制，总结陈词道：“这么说，‘挖矿’就是所有人同时做一道数学题，谁先做出来，谁就算是挖到金矿了！”

春哥点了点头：“你的说法基本正确，更准确的说法是，‘挖矿’其实是所有人同时进行难度系数不断调整的解数学题接力赛。”

“呵呵，你这个说法有意思，继续！”小睿饶有兴趣地让春哥继续讲下去。

“好，我首先解释一下为什么是接力赛。”春哥喝了一口茶，润了润嗓子说道，“一个‘矿工’成功‘挖矿’，其他‘矿工’会迅速验证是否正确，一旦验证通过，‘矿工’就要赶紧投入下一次‘挖矿’的过程中，中间没有一刻停滞。所以‘挖矿’

就像一场永无终点的接力赛。”

“那么，‘难度系数不断调整’又是什么意思呢？”小睿问道。

“中本聪的设计是要让整个比特币网络只有一个‘矿工’能用10分钟左右的时间找到这个黄金数。但是随着机器运算速度越来越快，‘矿机’的数量也越来越多，全网算力不断提高，为了保证每10分钟只有一个新区块生成，系统会自动调整挖矿的难度，比如之前是求得一位前23位为0的哈希值，难度提高了之后，可能就要求前24位为0的哈希值。因为黄金数是二进制的，所以每增加1位，运算量会增加1倍。”

“好，关于‘所有人同时进行难度系数不断调整的解数学题接力赛’这个问题，你解释得非常清楚，我以茶代酒敬你一杯！”小睿端起茶杯，认真地对春哥说。

春哥端起茶杯跟小睿碰了碰，然后继续讲解道：“整个区块链的共识机制大概就是这样。而事实上，共识机制还要应付一些更复杂的情形，比如说分叉问题。假设有两个节点，同时挖出了区块A和区块B，而前一个节点是节点P，这种情况下，有些节点会先收到区块A的通知，有些节点会先收到区块B的通知……”

春哥一边说一边在纸上大致画下了如图1-2所示的图解。

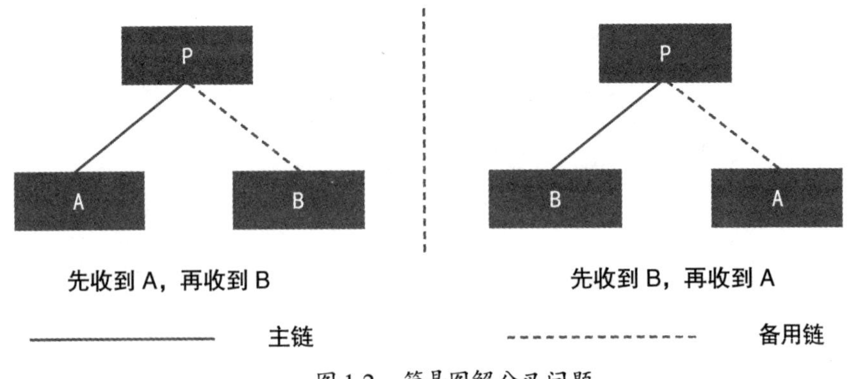

图1-2　简易图解分叉问题

春哥的涂鸦水平实在不敢恭维，不过小睿在实验室跟他合作多年，也能看得明白。

春哥指着这幅图对小睿说："你看，这种情况就是整个区块链网络中出现了不一致，有些节点以 A 作为主链，而有些节点以 B 作为主链，那么到底选哪个作为主链呢? 区块链采用一种非常简单粗暴的解决办法——把最长的那条链作为主链。道理非常简单，最长的链包含了最多的记账信息。这就好比超市的客流要比小商店大得多，因为超市商品种类更齐全，能满足不同人群的购物需求。如图 1-3 所示，假设生成的新区块 C 是基于 B 的，那么，大家都会自动将 P-B-C 作为主链，而区块 A 就会被作为孤立的节点而废弃。"

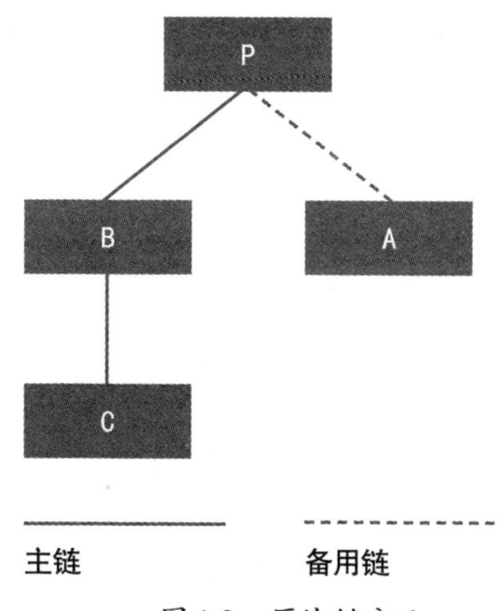

图 1-3　区块链分叉

小睿点了点头。在之前的基础上理解区块链分叉并不是太大的问题，于是感慨道："看上去也不错。听你这么一讲，我发现区块链的设计还是挺厉害的! "

春哥喝了一口茶，继续说，"如果说互联网解决了通信的问题，那么区块链则会解决交易的问题。有些人认为区块链解决了信任的问题，我认为是不够准确的。区块链的核心是围绕着交易展开的，它其实就是一个记录交易的链。与其说区块链解决了信任问题，倒不如说是区块链让不信任在交易中不再成为问题。”

小睿笑了笑，对春哥说道：“你这一番话都是掏心掏肺的干货呀！”

春哥满意地点了点头，说：“我今天是知无不言，言无不尽，我可是把对区块链毕生的修为都毫无保留地传授给你了！”

“得得得，说你胖你还喘上了！”小睿笑着说道，“说了这么多优点，难道区块链就没有缺点？”

春哥回答道：“区块链当然也有缺点，最大的问题就是效率低下。有效区块的生成需要进行大量的计算，现在大概每 10 分钟可以生成一个区块，而通常一笔交易需要 6 次确认才算安全，这样确认一笔交易大概需要 1 个小时。另外，在‘挖矿’的过程中需要消耗大量计算资源和能源。据统计，比特币区块链系统一年的耗电量与秘鲁全国一年的耗电量相当，而且这个消耗还在快速增长。这些巨量计算和电量损耗，除了生成新的比特币区块以外，对人类社会几乎没有任何其他价值。”

小睿点了点头：“听上去好像不怎么低碳环保！”

“嗯。”春哥点了点头说道，“所以，我比较赞成用水电和风电来‘挖矿’，这样挖出来的‘矿’才够绿色环保！”

春哥和小睿不知不觉聊了两三个小时，小睿听得兴致勃勃，而春哥也丝毫没有倦怠的意思。

“春哥，你这不辞辛劳地给我讲了整整一下午，难道只是本着毫不利己、专门利人的精神，来给我传道受业解惑的吗？”小睿用狐疑的眼光看着春哥。

“哈哈，”春哥拍了拍脑袋，讪讪地笑了笑，然后说道，“我还真没你说得那么伟大，我的确是有事来找你！”

“有事说事！别天南海北地扯闲篇，虽然区块链好像也不算是闲篇。”小睿认真地说道。

“你看，区块链这个种技术将来一定会影响整个社会的交易信任方式，所以，面对这种浪潮，我们不能缺席，不能作壁上观，我们应该勇敢地置身其中……”春哥开篇立意很高地定了一个基调。

“春哥，你什么时候变得华而不实了，直接说你想干什么。”小睿不耐烦地说道。

“光喝茶，好像少了点什么……”春哥笑着说道，他每次提要求的时机都拿捏得很到位。

小睿招了招手，叫服务员上两碟零食，不满地说道：“越来越有心机了！”

“你可不能毁我名声！”春哥笑着说道，“我一向都是个厚道的人。你看，要搞区块链这么有革新意义的事，我第一个就想到要拉你入伙！你如果肯入伙，今天的茶我请！”

春哥绕来绕去，终于说明了自己的来意。

“你的意思是要拉我一起创业？”小睿有些惊讶地问道。

春哥的邀请让小睿非常意外。平心而论，这几年在宏软的努力和付出，使小睿达到了一个理想的位置，工作稳定，薪酬也不错。如果突然要放弃这份工作跟着春哥去创业，小睿一时半会儿有点蒙圈。

“嗯！”春哥点了点头，“关于创业这件事我并不是一时头脑发热，在硅谷这三年我一直在琢磨这事，只不过三年前我自认为没有办公司的经验，因此进入了一家初创型小公司，见证了这家公司起步、发展、壮大为硅谷的‘独角兽’。在这三年中，我积累了足够的经验以及资源，接下来要做的便是按照我的想法来规划、运营一家公司，这家公司也寄托了我对未来区块链发展的规划！这件事要是成了，我们也能创造一家伟大的公司，要知道现在 Google、Facebook、YouTube 这些巨头都是从只有三五个人的小公司起步的。”

春哥说话的语气很平静，但是小睿能感受到他内心的激荡澎湃。从前刚认识春哥时，小睿就认为春哥非池中之物，尽管春哥去了美国之后他们联系少了，她对春哥的情况不甚了解，但如今看来，春哥依旧是当年那个春哥。

“这事你别急着回复我，好好考虑考虑。”春哥看出小睿有些犹豫，知道这事只能徐徐图之，不能操之过急。

小睿点了点头，随后便陷入了沉思。

她现在工作稳定，薪酬不错，但这份工作越来越没有挑战性了。且随着职级的不断提升，小睿的工作也越来越远离具体的项目开发，而偏向项目管理和项目间的沟通协调。在宏软，很多人向往从码农晋升到管理者，因为这不仅意味着更高的职级，同时也代表着更高的薪酬。但是对于天生酷爱编程的小睿来说，晋升入管理层不是她想要的，她最大的理想是从一而终地做个伟大的码农。

“当然，创业风险我也要事先告诉你。”春哥喝了一口茶，很厚道地说道，“创业是九死一生的事，成功的概率不超过 10%。当然我的态度很坚决，我会 All in[①] 到这个公司中，即便最后只剩我一个人，我也会坚持到底！”

见春哥说得如此诚恳和坚决，小睿不禁有些动容，点了点头说道：“给我几天时间考虑。”

正当春哥和小睿打算结束这次可能诞生一家伟大公司的、具有里程碑意义的

① 指全身心投入。

聊天，一个年轻小伙子走进了茶社。

小伙子一眼便看见了小睿，热情洋溢地打招呼道：“小睿姐，你也在这喝茶？”

小伙子皮肤略微有点黑，看上去很阳光，很有活力。

小睿连忙招手让小伙子坐在旁边的椅子上，开始互相介绍：“来，给你介绍一下。这是春哥，我以前的师兄，现在是美国藤校的博士。春哥，这是张番，我们都叫他番仔，以前跟我一起工作过。”

番仔赶紧伸出手跟春哥握了握，笑着说道：“春哥是藤校博士，真是厉害！”

接着，番仔转过头小声地问小睿：“藤校是哪个学校？”

春哥跟番仔握了握手，客气地对番仔说：“幸会幸会！藤校就是长满常青藤的学校！”

番仔笑了笑，还是没搞清楚藤校是哪所学校，赶紧岔开话题问道：“小睿姐，你们俩刚才在聊什么，聊得这么热火朝天？”

“我在向春哥讨教区块链。”小睿回答道，“春哥是区块链领域的大咖！”

“区块链？”番仔一听来了精神，“区块链，还有比特币，我太熟了！小睿姐，我年初不是找你借了几万块钱买‘矿机’吗，我就是跟着一位朋友在‘挖矿’。我那位朋友，早年在中关村卖电脑，生意还挺好的，一年轻松赚小一百万。前两年他把中关村的店给关了，开始倒腾‘矿机’，没日没夜地‘挖矿’。”

春哥点了点头，然后认真对番仔说：“世界上大部分人都有投机的心态，因为投机赚钱快。从历史上的欧洲炒作郁金香，国内炒作君子兰、普洱茶，每次都是散户被‘割韭菜’，最后泡沫破裂，大部分人血本无归。这是惨痛的教训，但是在巨大的诱惑面前，人们往往好了伤疤忘了疼，总是掉进同一个坑里。”

番仔知道春哥是在给自己忠告，点了点头说道：“谢谢春哥，我明白了！”

春哥笑了笑，继续说道："我刚才跟小睿讨论的是区块链，区块链与比特币有一定联系，但本质上是完全不同的东西，但很多人误以为区块链就是比特币。"

番仔不好意思地笑了笑，说道："我一直以为区块链就是比特币。"

这时候小睿坐不住了，对番仔说："来来来，让我跟你解释两者的区别。简而言之，区块链是一种底层技术，而比特币是在区块链基础上的一种应用。说得接地气一点，区块链就好比是一锅滚烫的油，你可以用这锅油来炸油条，也可以用来炸薯条，也可以用来烙饼，而这个油条就是比特币，薯条可能就是其他'虚拟币'。"

番仔赶紧竖起大拇指，笑着说道："小睿姐厉害，你一说这个比喻我就明白了！"

小睿得意地看了春哥一眼，说道："我也是现学现卖。"

"小睿的悟性高，现学现卖都比我这个老师'卖'得好！"春哥也不吝惜给小睿送顶高帽子，然后继续说道，"在比特币之后，区块链又产生了其他应用。"

小睿不动声色，没有表态，番仔却有些激动，说道："春哥，带上我一起吧。做开发我也没问题的，什么 C++、Python 的，我都会。我这人虽然天赋一般，但是我手脚勤快，不信你可以问问小睿姐……"

春哥笑笑说："天赋既重要也不重要。就我们这个区块链平台而言，还不到需要拼天赋的地步。"

区块链引发了小睿和番仔的强烈兴趣，两人约了春哥第二天下午继续在茶社科普及区块链的相关知识。

"看你们这么虚心好学，我们今天就聊聊区块链的四个特点吧。"春哥喝了一口茶，清了清嗓子，开始今天的区块链科普"讲座"。春哥也明白，如果不跟小睿和番仔把区块链的核心要素讲明白，稀里糊涂把他们拉进创业团队，这个团队很快也会散伙。

番仔赶紧拿出一个笔记本，开始认真地记笔记。小睿瞥了番仔一眼，心想这家伙看上去是真的想要跟着春哥干了。

“第一个特点就是去中心化。在我们当前的金融交易中，有像银行以及其他类似金融机构作为中心节点支撑所有的交易往来，比如你转账要通过银行，你在淘宝、天猫上买东西需要通过支付宝。然而在区块链的系统里是没有像银行、支付宝这样的中心节点的，区块链中每个节点的地位都是平等的，是靠所谓的区块链民主来达成共识的。”

“什么是区块链的民主？”小睿问道。

“区块链的民主就是指区块链中所有的交易不是靠中心节点来信用背书证明其真实性，而是靠区块链中所有节点承认这笔交易的真实性。就好比我给番仔十块钱，我要让所有围观的人都来证明我的确给了番仔十块钱，大家都把这件事记录在自己的账本上。这样，如果有一天番仔不认账，但其他人的账本上都记录着这笔交易，所以番仔想不认账也不行。”春哥解释道，“每个人都有个账本，这也就去中心化了。”

“但是，我觉得要每个人都把整个系统中的交易全部记录下来，这样的效率太低了。”小睿想了想说道。

“嗯，任何事物都有其两面性，去中心化也不例外。去中心化的好处就是可以避免对中心节点的太多依赖，防止中心节点失效。但它带来的一个坏处就是，由于缺乏中心节点来做决策，所以区块链中的交易效率低下。比如在比特币系统中，一次交易要在全网广播并被所有‘矿工’记录下来大概需要一个小时。”春哥补充道。

“哦，那效率的确是够低下的。”番仔叹了一口气。

“所以我个人认为，区块链其实不太适合高频交易。”春哥说道。

“是呀，如果天猫的‘双十一’用区块链记录交易，估计什么都不能买了，呵呵。”小睿又补了一刀，“你接着说第二个特点。”

“区块链的第二个特点就是信息难以篡改。区块链和普通数据库最大的区别是，区块链中的信息一旦被记录下来就难以更改。这种难以篡改性既是优点也是缺点。优点就是在某些场合可以确保数据不被篡改，比如学位证书；缺点就是欠灵活，比如在转账时填错了地址就很难撤销了。比特币地址跟身份证号码一样，是有自校验功能的。如果地址是无效的（如漏了一位）还好，这个转账就是无效的；但如果填错的地址是有效的，比如把我的地址填成了番仔的，这是无法撤销的，钱如果转过去了，只有联系番仔，看看他愿不愿意把钱退回来。”春哥说罢，转过头对番仔笑了笑，问道，“番仔会吗？”

番仔笑着挠了挠头，回答道：“我肯定不会退，哈哈。”

春哥也笑了，说道：“我看你也不像是拾金不昧的人！呵呵！好，我接着说第三个特点，就是可追溯性。前面提到过，每个区块都指向上一个交易区块，从而形成了整个区块链，区块链记录了历史上所有的交易记录。也就是说每个人的老底——谁、在什么时候、和谁发生了交易，都记录在区块链里面。现在很多的项目，比如所谓的食品安全块链就是利用可追溯性来记录食品生产过程中原料的使用及加工的历史记录。”

接下来，春哥又把区块链的三种类型：公有链、联盟链、私有链逐一进行了讲解，小睿和番仔都满满地做了几大页笔记，两人可谓收获满满。

番仔合上笔记本，长长地伸了一个懒腰，信心满满地说道：“小睿姐，我觉得现在是区块链创业的大好时机，风已经起来了，我一定要把握住这个风口，大展身手！”番仔又向春哥问道，“春哥，你的团队还缺人吧！你觉得我怎么样？把我收下吧！”

小睿意外地看着番仔，番仔跟春哥不过两面之缘，这么快就下定决心要跟春哥去创业了？

“番仔，创业不是闹着玩的，你才接触区块链几天就忙不迭要去创业，现在的工作怎么办？你们年轻人做事就是太冲动！”小睿语重心长地对番仔说。

“我老爸告诉我，看准了机会就要赶紧下手，区块链靠不靠谱有待观察，不过我觉得春哥挺靠谱的……”番仔一脸轻松地说道，“创业关键是看人，我信得过春哥！”

听番仔这么一说，春哥有点不淡定了，赶紧说：“番仔，创业这事风险不小，还得从长计议。你不要头脑发热，冷静冷静……”

番仔拍了拍春哥的肩膀，宽慰春哥道：“春哥，你放心，我已经是成年人了，有能力对自己的决定负责。如果真的创业失败，大不了再去找工作！”

“如果你找不到合适的工作呢？”小睿立刻问道。

“找不到合适的工作……春哥的家底儿也够我吃喝好几年的！”番仔笑着说。

春哥一听，额头上直冒冷汗，原来这家伙还惦记着我的家底。

“番仔你别闹了，春哥又不可能养你一辈子！”小睿越发觉得番仔做决定太随性了。

“小睿姐，跟你开玩笑呢！如果找不到工作，我就回家跟我老爸做生意呗，反正他一直要我回去子承父业。”番仔不在乎地说道，“不过，不到山穷水尽的地步，我是不会向他低头的！”

小睿这才想起，之前有人说过番仔是富二代，他老爸在老家开家具厂，似乎生意规模还不小。

听番仔这么一说，春哥如释重负。无论是对小睿还是对番仔，春哥虽然很想拉他们入伙跟自己一起创业，但是也担心创业失败，耽误了他们的前途。

“番仔，如果你想加入我们的团队，我非常欢迎。但还是那句话，辞职创业这事得慎重考虑，你别忙着做决定！”春哥认真而严肃地说道。

“行，我听你的！”番仔点了点头说道，“不过，和春哥聊了两天了，我还不知道你创业的项目是什么，能方便透露一点儿吗？”

春哥笑了笑，故作神秘地说道：“这是商业机密，肯定不能随便透露……”

“哎……”番仔叹了一口气，一脸失望地说道，“好吧。”

“不过呢，我既然已经把你们当成了自己人，说说也无妨。”春哥又笑着说道，“我这个项目叫‘春链计划’，目标是开发一个支持泛应用的区块链……”

“春链，这个名字好呀！一听名字就知道特别性感，呵呵！”还没等春哥说完，番仔就插话。

“别打断春哥！”小睿皱着眉头瞪了番仔一眼。

番仔吐了吐舌头，低下头继续做笔记。

“春链也包括公有链、私有链和联盟链。公有链部分主要基于现在开源的以太坊代码来改写；私有链部分则是基于超级账本 HyperLedger 的代码来拓展；至于联盟链，鉴于目前的状况，并不是很成熟，所以在第一个版本中暂且不考虑，以后如有需要会添加……”春哥把春链的大概架构简单介绍了一下。

“那春链平台跟其他的区块链平台相比，有什么特点呢？”小睿琢磨了一下，问道。

“我归纳了一下，主要有三个特点。第一，开发简便。开发者可以使用春链提供的模块、预先配置好的网络和基础设施进行实验，别人的区块链都是从头开始编写代码，就好比盖房子，别人都要画图纸、买砖头水泥、砌房子，归纳起来，一个字就是‘累’，而春链是提供像乐高积木块一样的各种各样的构件模块，让用户随心所欲地快速搭建自己想要的建筑，省时，省力，还乐在其中！”春哥兴高采烈地描述着，“所以，我们的口号是：春链——区块链，就是这么简单！”

小睿和番仔听完都不住地点头，以他们这么多年的软件开发经验，他们都能想象出春哥的春链到底是什么模样。

“春链的第二特点是快速启动，快速运行。开发者可以直接用已有的云计算平台和他们熟悉的工具访问验证区块链，只要点点鼠标，一个区块链模型就出来了，并在这瞬间高速模拟运行。我们的口号是：春链——区块链中的新干线！”

春哥接着说道：“我继续说春链的第三个特点，那就是没有后顾之忧的随意创新。春链平台将运行在开放可信的云计算平台上，完美解决数据安全性和隐私性的问题，不用担心黑客的攻击和隐私泄露带来的巨额罚款。我们的口号：春链——让你恋上区块链，从此别无他恋！”

“哇，你的春链太完美了，我迫不及待要撸起袖子跟你一起干了！”番仔激动地说道。

“哎！”小睿叹了一口气，对番仔说，“你就不能稳重一点？还跟刚进公司那会儿一样，咋咋呼呼的！”

番仔没有搭理小睿，一只手靠在春哥肩膀上，很坚定地说：“春哥，就这么说定了，明天我就去提离职！”

周末，小睿主动约春哥去公司附近的星巴克聊聊，春哥大概知道小睿心里面已经有结果了。

春哥点了一杯拿铁，给小睿要了一杯美式，两人找了一张户外的咖啡桌坐下。

“你今天是来告诉我结果的？”春哥开门见山地问道。

“我男朋友很反对，我家里人也很反对。”小睿没有直接说结果。

春哥一听，心里哇凉哇凉，心想估计是没戏了。

虽然很失望，但春哥还是表现得很平静，说道：“没事，我能理解。其实我也觉得创业这事挺难，风险也挺高，不太适合女孩子。”

“你也觉得创业不适合女孩子？”小睿反问春哥一句，然后嗔怪道，“那你为什么还要拉我入伙？”

“准确来说，我觉得创业不适合大部分女生，但是你例外！”春哥急中生智，算是给自己圆个场。

“经过几天的深思熟虑，我决定跟着你一起干，虽然他们都很反对。”小睿目光坚定地看着春哥，义无反顾地说道。

情节如此反转让春哥始料不及，他睁大眼睛看着小睿，愣了半天才说道：“你，你再说一遍！”

“我说，我打算辞职跟你一起创业！”小睿一字一句地又说了一遍。

春哥看着小睿，确定她不是在跟自己开玩笑，激动地说道：“真的？我没听错吧！那太好了！你要加盟我们的创业团队，成功的概率至少增加了三成！”

“还‘我们’呢！你的创业团队不只有你一个‘光杆司令’吗？”小睿笑着说道。

“现在不马上多了一个‘政委’嘛！”春哥喜出望外地说道，“今晚我请你吃大董，烤鸭任点！”

“烤鸭就免了。既然决定创业，就要开始准备过苦日子，能省就省吧！”小睿很快就进入了创业的角色。

“那不一样，今天是个值得庆祝的日子，偶尔奢侈一下也不影响大局！”春哥心情舒畅地说道，“不过我还是有个疑问，既然你父母和男朋友都反对，你为什么还答应跟我一起创业？”

“这不非常符合我特立独行的性格，”小睿笑嘻嘻地说道，“他们越是反对，我越是坚定！”

春哥一脸意外：“原因就这么简单？”

“还需要更复杂的理由吗？”小睿语气轻松地反问道。

春哥喝了一口咖啡，收敛起之前的喜悦正色道：“小睿，如果这就是你辞职跟我创业的原因，我真的不敢拉你入伙！创业不是闹着玩的，如果没想明白，我可以给你时间再考虑，但绝不能因为你想证明自己特立独行就头脑发热！”

小睿看着春哥一脸严肃的样子，嘴里的咖啡忍不住喷了出来，好在没有冲着春哥。

小睿赶紧拿纸巾擦了擦嘴角，笑着说：“春哥，你这是怕要对我负责吧！”

春哥摇了摇头，正色说：“我不是怕对你负责，是怕你将来后悔！”

“我后悔什么？”小睿饶有兴趣地看着春哥问道。

“比如将来失败了，你可能会后悔当初不该放弃这么好的工作跟我一起创业。”春哥认真地说道。

“你不是还有家底儿嘛，你分一半给我，以后吃饭还是不成问题的！”小睿笑着说道。

听小睿这么一说，春哥表情变得更加严肃，说道：“小睿，我真的担心你没想明白。”

小睿感觉自己再说下去，春哥的脸就要变成苦瓜了，赶紧打住，认真地对春哥说道："刚才是逗你玩呢! 大哥，我是成年人，做事怎么会这么草率呢? 我并不是因为要跟所有人作对来证明我的特立独行，而是因为现在的工作对我越来越没有吸引力了。可能在很多人眼中，女生并不适合当程序员，但是我却想一辈子都当码农，做一个从一而终的、伟大的码农。但是现在的工作让我离这个目标越来越远，如今我的工作更多的是在管理、协调以及跟其他部门扯皮、推诿。不瞒你说，我已经有三四个月没碰过代码了，这不是我想要的。跟着你创业，首先是我相信你这个人，其次我也觉得区块链将来会有很多机会。"

听小睿这么一说，春哥眼前一亮，仿佛看到了多年前那个通宵不睡觉，只为调试一段代码的小睿。

"所以，三四个月没写代码，你技痒了! 哈哈! "春哥的脸上再一次浮现出喜出望外的表情，因为他相信刚才小睿说的那番话都是心里话。

"不仅是技痒，也怕手生! "小睿笑着点了点头。

"好，我们一起创业，你永远没有技痒的机会! "春哥高兴地说道，"所谓拳不离手，我也一直没闲着。春链的代码我已经写了上万行，正想找人切磋切磋呢! "

"呵呵，我早就不是当年那个在实验室被你数落得无地自容的吴下阿蒙了! 春哥，长江后浪推前浪，你这前浪要小心了! "小睿不客气地回答道。

"呵呵，出来走两步才知道深浅! "春哥也不甘示弱地说道，"切磋的事以后再说，来日方长。我们马上去大董，今晚烤鸭任点! "

第二章
非诚勿扰

相亲对象竟然是飞机上邂逅的“公主病”美女记者，女记者吐槽ICO是庞氏骗局，误会春哥回国不是创业而是“割韭菜”；春哥为区块链“喊冤”，很接地气地力证区块链不是ICO……

春哥与小睿在大董完成了一次具有里程碑意义的聚餐，吃掉了一只具有里程碑意义的烤鸭，喝掉了半瓶具有里程碑意义的红酒。

在小睿确定加盟春哥的“春链”公司之后，番仔也提交了辞职书，与春哥和小睿并肩作战，自此，春链公司的伟大征程终于迈出了第一步。

英雄不问出处，参照美国那些伟大的互联网公司，春链的起家并不是在一个高大上的甲级写字楼，也没入驻国内那些知名的孵化器，而是选择了高校云集的海淀区的一家名为“创业无极限”的咖啡馆，春哥称之为“创业咖啡”。

“创业咖啡”的老板娘姓佟，自称是佟掌柜。佟掌柜的老公做房地产生意，家里条件非常优越。

佟老板娘开这个“创业咖啡”纯属玩票性质，不计较盈亏，只求平时找点事做做，不会闲得无聊。

“创业咖啡”有个给 VIP 设置的玻璃房，不仅有长条桌，还配置了投影仪、小黑板，非常适合创业初期的春链团队。在某个春日的午后，春哥找佟掌柜商量，想长期借用 VIP 玻璃房作为创业的办公室，但是公司的经费有限，的确给不起太高的租金。

佟掌柜出身富裕家庭，但也跟着老公创过业，知道其中的艰辛，没有太多的犹豫就答应了下来，甚至连租金也免了，就当是扶持年轻人创业。

第二天，春哥就带着小睿和番仔到了“创业咖啡”。春哥有些担心，在窗明几净的甲级写字楼待惯了的小睿和番仔，能否适应咖啡厅吵闹的环境。

没想到番仔一走进玻璃房，就非常兴奋地说：“这个地方太赞了，天天泡在咖啡厅 coding（写程序）才有创业的范儿！伟大的春链就要从这里起航了！”

小睿的表现很平静，既没表现出不满也不像番仔那般亢奋，对她来说，能有一台高性能的电脑、能上网、能写代码就足够了，至于工作环境，她一向都不怎么在意。

“先委屈大家在这儿办公，等拿到一笔融资，我们就去租自己的办公室！”春哥很认真地说道，这也是对创业团队的承诺。

为了创办春链公司，春哥自己掏了 300 万元作为启动资金，这是他这几年在硅谷的全部积蓄。春哥的父母一直很反对他创业，希望他把这笔钱当作首付，在北京买一套房子，像春哥这个年纪的男生，如果还没买房，是很难找到女朋友的。

春哥正在安排三人的办公座位，手机突然响了。春哥掏出手机来看了看，快步走到咖啡厅的一个角落。

“妈，有什么事？”春哥压低声音问道。

“你三姑介绍了一个姑娘，这姑娘是位记者，我看过照片了，样貌挺端庄，家里面条件也不错，你三姑已经约好了，今天晚上八点在‘印象咖啡’见面……”春哥的老妈在电话里面絮絮叨叨地说开了。

“妈，你怎么又安排我去相亲！我最近真的很忙……唉，好好好，我听你的！我听你的！我知道了，地址我记下来了，你放心……”

挂了电话，春哥长长地叹了一口气，想起了之前见过的两三位相亲对象，心里面有种说不出的滋味。

春哥自认为不是帅哥，所以对相亲对象的外貌并没有太高的要求，过得去就行。但是之前见过的三位姑娘，打扮实在太过妖娆，用时髦的话来说是典型的“网红”妆，大眼瘦脸隆鼻的化妆神技用完，效果比 PS 修图之后还夸张。

其次，如果说妆容上的妖艳还能让春哥忍受，最让春哥受不了的是，彼此坐下来还没聊上两句，对方就单刀直入地问春哥是不是北京户口，在北京有几套房，房子在三环还是五环，有没有车，结婚以后会不会跟父母住一起……

无房无车的春哥，显然不能让这些姑娘们满意，姑娘们那被修饰得无比精致的脸翻转起来比翻书还快，接下来的剧情便是姑娘们借口晚上还要回公司加班，匆匆告辞，然后就再也不联系了。

自此，春哥对相亲这事就不抱太大的信心，要不是老妈一次又一次地威逼利诱，春哥说什么也不会再浪费时间去见那些个“网红”了，还不如在创业咖啡待着，多写几段代码。但知子莫如母，春哥的老妈对付儿子总是有很多办法的，并且屡屡得逞。

“妈，我刚从美国出差回来，还没有倒过时差呢，你就不能让我消停几天？”宁佳在电话里面不高兴地说道。

“错过这个村就没这个店了，你今年都 32 岁了，还不抓紧时间谈恋爱、结婚、生子，等你拖到 40 岁，看你还怎么能怀得上! 现在国家都出政策鼓励生育了……”老妈在电话里面苦口婆心地说道。

宁佳跟老妈在电话里面唇枪舌战了十几分钟，但每一次反抗都被老妈的现身说法给“怼”了回去，最后无奈选择了投降。

“知道了，要给对方留个好印象，不要迟到，要矜持，说话要有分寸，咱们是书香门第……”宁佳无可奈何地说道，然后挂了老妈的电话，心里对老妈今晚上又偷偷给她安排一次相亲一百个不愿意。

“哎，又是一个海归博士！”宁佳噘嘴嘟囔着，不由想起上周与那个耶鲁博士相亲的悲催经历。

那位耶鲁博士从小就属于“别人家的孩子”，到美国后师从耶鲁某位诺贝尔经济学奖获得者，因此，在他看来，自己拿诺贝尔奖只是时间问题。耶鲁博士整晚上除了回顾自己的学霸前半生，剩下都在“秀”自己的渊博学识，絮絮叨叨地跟宁佳讲了一晚上“罗伯特·恩格尔用随着时间变化的易变性和共同趋势两种方法分析经济时间数列，从而给经济学研究和经济发展带来巨大的影响”。

武汉大学新闻系出身的宁佳哪听得懂什么随时间变化的易变性、什么共同趋势，只是出于礼貌，耐着性子听对方絮叨了两三个钟头，听得她直打瞌睡。

宁佳真没想到这个世界上竟然还有比她老妈更絮叨的男人，嫁给这样的男人估计得少活一二十年。

更让宁佳始料不及的是，结账时耶鲁博士居然为100块钱的餐费要和她AA。宁佳此时已经忍无可忍了，心直口快地说了一句，你们读个博士也不容易，还是我来吧，瞬间将耶鲁博士“怼倒”在地。

耶鲁博士对宁佳却颇有好感，自那以后多次打电话、发微信约宁佳见面，但都被宁佳以工作太忙为由婉拒了，没想到一根筋的耶鲁博士竟然跑到报社社长办公室，质问社长是不是给宁佳安排的工作太过饱和，当然，宁佳的下场是被领导狠狠地K了一顿。

从此以后，只要听说是海归博士，宁佳都会绕着走，躲得越远越好。

宁佳把手机放在工作台上，郁闷地用手抚着额头，自言自语地说道：“妈，你以后能不能给我介绍一个学历低一点的，最好是本科生，大专也行……”

下班之后，宁佳打车到咖啡馆门口，看了一下手表，7点58分，离约好的时间还差2分钟。

宁佳在咖啡店门门口站了一会儿，并没有急着进去。她探头朝里望去，咖啡馆靠里的一张桌子旁坐了一个貌似在等人的年轻男子。

“应该就是他了。”宁佳暗自思忖。宁佳远远打量了男子几眼，三十出头，长得还算帅，发型也很新潮。这么帅的博士还是第一次遇到，宁佳心目中对博士既有的印象被颠覆了，忍不住又多打量了两眼。

宁佳看了看手表，已经八点过三分了，这才不紧不慢地走进咖啡馆朝那位帅哥走去。女生要矜持，相亲约会略微迟到两三分钟就是矜持的一种方式。

走到帅哥桌前，宁佳抿嘴不语，面露微笑，等待帅哥开口。

“小姐，您几位？”帅哥突然起身，赶紧把手机放进裤兜里，看着宁佳热情地开口问道。

宁佳瞬间石化了，她回过神来仔细一看，这才发现帅哥穿的竟然是咖啡馆员工的制服。原来他不是海归博士，而是这里的服务生。

“糗死了……”宁佳不由剁了剁脚，心里嗔骂道：“你说你长得这么帅还来这里做服务生干嘛？做服务生也就算了，要不要工作时间往那儿一坐，感觉像是在等人一样？还有那个海归博士，有没有点时间观念，跟女孩子约会是不是应该提前一点到呀！”

“我，我找人。”宁佳答道，还没有完全从窘态中恢复过来，幸亏刚才没主动开口，否则真要找地缝钻了。

“请问，您是宁小姐吗？”一个声音从身后传来，宁佳转身一看，一个三十出头的男子在向自己打招呼，虽然算不上帅哥，但看上去也算温和友善。

等男子再走近一点，宁佳觉得这人有些眼熟，好像在哪里见过。宁佳想了想，终于认出眼前这位男子就是那天在飞机上靠在自己肩膀上打呼的那人，宁佳的脸色当场就变得难看起来。

春哥此时也认出宁佳来，暗想“不是冤家不聚头”。

宁佳点了点头，冷漠地回答道：“对，我是宁佳，你就是冯博士？”

春哥看出了宁佳的不悦，脸上依然保持着笑容，但是心里面已经拿定主意要治治这个有“公主病”的女生。

春哥点了点头：“真是无巧不成书，那天在飞机上我们已经见过了！”

宁佳不想提起这段不愉快的经历，找了一个位置坐下，拿着菜单看了看，对那位很帅的服务生说道：“我要一杯卡布奇诺！”

春哥也在宁佳对面坐下，笑着说：“女孩子晚上喝卡布奇诺不太好，卡布奇诺的卡路里高，特别容易长胖，喝多了晚上还睡不着。”

宁佳白了春哥一眼，然后对服务员说：“我就要卡布奇诺！”

服务员笑了笑，然后又转向春哥，礼貌地说道：“这位先生想喝什么？”

春哥翻了翻菜单，笑着说：“晚上咖啡喝多了睡不着觉，我来杯大麦茶吧。”

宁佳看了春哥一眼，心里面嘀咕了一句：“真是土包子，跑来咖啡馆喝茶！”

既然是相亲，即便两人之前有多少过节，相亲的流程还是要走完的。

春哥先自我介绍说：“宁小姐你好，我叫冯春，周围的朋友都叫我春哥。如果不介意，也可以叫我春哥。”

宁佳心想：“我跟你很熟吗？我非常介意叫你春哥，叫你春哥可以得永生吗？”

在飞机上，两人就结下不大不小的梁子，再加上宁佳刚才把服务生误会成相亲对象出了糗，不自觉地就迁怒到了春哥身上，自然对春哥没什么好感。

“还是叫冯博士或者冯先生吧，这样比较礼貌一点，况且我们又不是很熟。”

宁佳不客气地说道，让春哥碰了一个不软不硬的钉子。

春哥丝毫不以为意，笑着说："呵呵，好说好说，你觉得怎么顺口就怎么来！"

春哥的笑容在宁佳的眼中，越看越像是某种挑衅，宁佳心中那口气就更加不顺了。

"听说你刚从美国回来？"宁佳喝了一小口卡布奇诺，接着说道，"是不是美国最近的就业形势不太好，听说上个月失业指数又上升了一点五个百分点……"

宁佳这话分明是在挤对春哥是因为失业才灰溜溜地回国的。

春哥听出了宁佳的弦外之音，心想今天相亲是没什么戏了，旧仇未报又添新恨倒是大概率事件。这位宁记者长得算是千里挑一，但是这脾气倒是不怎么好。

春哥笑了笑，装作不以为意地说道："美国上个月不光失业指数上升了，非农就业指数还低于预期，但是我们这个行业景气指数还不错，公司接了一个大单够我们吃三年，老板还给我加薪15%。宁记者这次去美国如果是为了调研失业率指数，完全可以来找我调研一下，我在美国待了十几年，对美国社会的经济形势还算了解，我一定知无不言，言无不尽！"

宁佳狠狠地看了春哥一眼，春哥嬉皮笑脸的样子让她气不打一处来。

"冯博士，你在美国是做什么工作的？"宁佳继续问道，希望能找到一点"破绽"挤对春哥，今天她跟春哥算是杠上了。

"我在一家区块链公司做程序员。"春哥回答道。

"哦，"宁佳做出一副恍然大悟的样子，"难怪景气度指数很高，看来在美国也流行用ICO[①]来割韭菜，冯博士最近是不是收成不错？"

听宁佳这么一说，春哥愣了一下，旋即就明白了，宁佳一定是跟番仔一样，把

① ICO，Initial Coin Offerings，首次币发行，是指区块链项目首次发行代币。

区块链和 ICO 混为一谈了。

但是春哥也不急于解释，只是笑着说："我不太明白什么是割韭菜。"

宁佳看着春哥，冷冷地笑了笑："你就揣着明白装糊涂吧！现在资本很狂热，热钱也很多，所谓钱多人傻，只要有一份从网上抄的 ICO 商业计划书，再找几个所谓的行业大咖站台就可以大把圈钱，我们把这种情况叫作收智商税，或者是割韭菜。你现在还想回国来割韭菜真的晚了，去年国内全面叫停了通过 ICO 进行融资的行为！"

"呵呵，这个说法倒是有意思！你继续说说！"春哥笑了笑说道，"我在美国待了这么多年，倒是第一次听说割韭菜这个说法。"

宁佳看着春哥，心想这家伙是真不懂还是假不懂？不过能当面数落他一顿也不是坏事。

"你们割韭菜的套路我门儿清。所谓的 ICO 本质上更像众筹，只不过呢，IPO① 给的是股份，而 ICO 发行的就是'虚拟币'。比方说，我发行一亿个空气币，一个一块钱，拿出 2 000 万个在市场上卖，我就可以融到 2 000 万块钱。这其中的骗局就是，不用给你股份也不用给你分红，我就给你这些空气币就行了。这些空气币没有任何抵押物，说白了也没有任何价值。接着这个币在区块链上交易，大家就可以炒作空气币了。泡沫毕竟是泡沫，终究是要破灭的，你们赚到钱就跑路了，有人亏得血本无归，就是被割了韭菜了！"

春哥听着宁佳颇具正义感的冷嘲热讽，一直保持微笑，自始至终没有一句反驳的话。

---

① IPO，Initial Public Offerings，简称 IPO，首次公开募股，指一家企业成为公司（股份有限公司）后，第一次将它的股份向公众出售。独立 IPO 一般指不借助证券公司，自主上市。

宁佳喝了一口咖啡，继续说道：“往深了说，你们搞的这些所谓的 ICO，从某种意义上更像是一个融合了货币、股市、庞氏骗局三种不同概念的产物。货币的基本属性是必须可以交换，但一个更重要的要求是必须可以兑现。比如说发行了 1 个亿的纸币，它就必须得有 1 个亿的资产作为后盾来兑现承诺，这些资产可以是黄金、美元或者其他资产。如若没有的话，就会引发通货膨胀，纸币很快就会贬值。”

春哥点了点头，对宁佳的说法表示认可，接着问道：“为什么说还融合了股票的特质呢？”

“那是因为都可以炒作呀！你看一些人把交易股票都说成炒股票，而 ICO 价格的波动比股票还要剧烈，所以就更符合某些人投机的心理。但是炒股票是因为股票的价值代表了对企业未来现金流的预期，也就是我觉得公司将来可能会更加有钱，所以我才会持有这家公司的股票。因此，股票价格是有实在的公司做担保，有具体的业务，可以通过财务报表实打实看到，不是靠忽悠出来的，但是 ICO 没有。说得更直白一点，ICO 没有任何价值，就是纯粹炒作！”宁佳说道。

“听你这样分析，我觉得还挺有道理。”春哥觉得宁佳虽然把 ICO 和区块链混为一谈，但是对 ICO 的理解还是挺到位的。

“那最后，为什么又变成庞氏骗局了呢？”春哥饶有兴趣地问道。

“ICO 肯定是参与的人越多钱就越多，但总有一天，人数再也无法增长了，只有人卖没有人买，这个虚拟币最终就崩盘了。你们这些发币的庄家早就赚得盆满钵满跑路了，剩下就是一堆哀号的‘韭菜’！”宁佳喝了一口咖啡继续说道。

宁佳对 ICO 的透彻分析，让春哥意识到不能小看这位有“公主病”的女记者，她跟之前那些相亲对象完全不是一路人。

卡布奇诺的奶泡沾了一些在宁佳的嘴角上，春哥很细心地递上了一张纸巾，示意宁佳擦一擦。宁佳看了春哥一眼，表示自己并不领他的情，但还是面无表情地接过纸巾，轻轻擦拭了一下。

“照你们这么说，所有的ICO都是骗局了？所有搞ICO和区块链的人都是骗子了？”春哥问道。

宁佳摇了摇头：“客观说，这个倒未必。”

春哥笑了笑，对宁佳拱了拱手说道：“感谢你没有一竿子打死一船人！”

宁佳摇了摇头，叹了一口气说道：“但是还有一句话，叫作天下乌鸦一般黑！人性都是贪婪的！”

春哥也不反驳，笑着说：“是不是一般黑，以后自有分晓！不过刚才听了你对ICO的分析，我倒是觉得胜读十年书……”

宁佳又白了春哥一眼，心想：“你少给我戴高帽子……”

“其实我还有很多问题，不知道能不能随时向你请教？”春哥非常虚心地说道。

宁佳很警觉地看了春哥一眼，说：“你什么意思？”

春哥笑着说：“没有别的意思，只是想和你加个微信。”

听春哥这么一说，宁佳更加警觉了，感觉春哥果然居心不良，于是说道：“我平时总在外面跑，不怎么看微信。”

面对宁佳的婉拒，春哥也不生气，只是笑着说：“当记者就是辛苦。”

宁佳看了看手表，示意时间差不多了，要结束今晚的相亲。而此前宁佳的态度已经向春哥表明，她对春哥是没什么兴趣的，或许从今晚说了再见之后就真的再也不相见了。

平心而论，无论从任何方面来说，宁佳的条件都是出众的，高学历、高颜值、高收入，各种软硬件都是高配，但为什么一直单身？这的确让人匪夷所思。工作忙只是宁佳的借口，而最本质的原因还是她眼光太高、太挑剔。宁佳骨子里是个高傲的人，她希望找到一个跟她有共鸣的人，所谓志同道合、心灵相通，然而现实生活中这样的人她一个都没碰到。

春哥看了宁佳一眼，问道："看样子宁小姐还有别的事？"

宁佳点了点头："我晚上还要赶回报社改一篇稿子。"

这个理由成立也不成立，宁佳要赶的稿子并不算太急，不一定非要今晚赶着回去修改，但由于对眼前这位海归博士没有什么好感，宁佳觉得与其浪费时间，还不去做一点有意义的事。

春哥点了点头，说："不过在你离开之前，我想多说一句，你说有些ICO是骗局，这一点我同意，但是你认为区块链都是骗局，我是坚决反对的。"

宁佳看着春哥，冷哼了一声："垂死挣扎！"

春哥笑了笑，接着说道："就算被你判了死刑，也得给我一个上诉的机会，我这个小小的要求不过分吧！"

宁佳不置可否，继续嘲讽春哥道："我当读了博士的人，因为书读得太多而变得迂腐了，口舌笨拙，没想到也还是有巧言令色的博士的！"

"呵呵，"春哥忍不住笑出声来，也不理会宁佳的冷嘲热讽，说道，"《论语》有云，'巧言令色鲜矣仁'，偏偏不巧，我就是那个很鲜见的、巧言但也很仁义的人！我问你一个问题，如果一个男人拿一把刀把一个女人给杀了，你说那把刀算不算凶手？"

宁佳睁大眼睛看着春哥，心中一阵莫名的紧张，面上却保持镇静，说道："你举这个例子是什么意思，你这是要威胁我吗？"

春哥忽然意识到自己举的例子让对方误会了，挠了挠脑袋，然后把双手放在桌面上，笑着说道："对不起，我不是这个意思。你放心，我手上没刀。刚才那个例子不恰当，我换一个例子，如果一个女人拿一把刀把一个男人给杀了，你说那把刀算不算凶手？"

宁佳冷哼了一声，说道："这把刀当然不算凶手，但它是凶器。"

"对，"春哥接着说道，"其实刀是无辜的，比如说桌上这把餐刀，可以是凶器，但也可以是工具，我们可以用来削水果、切蛋糕，或者用来刮胡子……"

说到这儿，气氛稍微轻松了一点，宁佳忍不住笑了，说："你才拿餐刀来刮胡子！"

春哥也笑了笑，说："偶尔用用也无妨。我举这个例子是想说，区块链其实就是一种技术，有人用区块链来做庞氏骗局，比如发空气币，但是也有很多人在用区块链做一些有意义的事，比如金融交易。所以说如果骗钱的 ICO 是凶手，那么区块链顶多只能算是凶器。但我要说的是，技术本身是没有好坏之分的，一位 geek 曾经说过，技术是无罪的，所以我今天一定要为区块链大声喊冤……"

宁佳咯咯地笑了起来，轻轻用手背捂了捂嘴，恪守笑不露齿的淑女规范。春哥觉得宁佳的笑容格外明媚，不由地心神一荡，对宁佳的印象也不禁好了几分。

宁佳笑了一会儿才平复下情绪，说道："你别东拉西扯了，赶紧言归正传，我还要回报社赶稿！"

春哥定了定神，继续说道："其实我想说的是，ICO 和区块链根本就不是同一个东西。虽然说 ICO 确实是利用了区块链的技术来发行'虚拟币'，但 ICO 市场的空前泛滥、形成泡沫甚至最后演变成为庞氏骗局，究其原因是人性的贪婪和愚蠢，跟区块链技术没有半毛钱关系！"

“听上去好像有点道理！”宁佳见春哥说得如此义愤填膺，看了看手表，略微有些蛮横地说道，“我给你 10 分钟时间说清楚 ICO 和区块链的关系，只有 10 分钟，现在开始计时！”

春哥点了点头，充满自信地说道：“不用 10 分钟，5 分钟足够。所谓的区块链，最初是为比特币设计的一种去中心化的记账技术。如果用一句老话‘皮之不存，毛将焉附’来形容 ICO 和区块链的关系，那么区块链技术就是‘皮’，ICO 就是长在区块链上面的‘毛’。很多投机心作祟的人就鬼迷心窍地想用类似比特币的‘虚拟币’来骗钱，这就是我们后来看到的 ICO 以及空气币。而为了让更多的人相信他们的骗局，这些人就硬拉上区块链把项目包装得更有技术含量，但是实际上，这些人可能根本就不知道区块链是什么。”

春哥简单的解释，似乎让宁佳听明白了一点 ICO 与区块链的关系，她微微点了点头，说：“按照你的解释，ICO 是‘虚拟币’，而区块链是一种为这种币记账的技术？”

春哥立刻竖起大拇指，毫不吝啬地夸奖宁佳说：“一语中的！区块链作为一种技术，不仅可以应用在‘虚拟币’上，还可以应用在金融交易、二手房交易、食品安全溯源等领域，因此，区块链绝对不能跟 ICO 划上等号。ICO 骗钱这口黑锅，区块链不背！”

宁佳点了点头，笑着说：“你为自己‘洗地’真是不遗余力！”

“再进一步说，国内很多 ICO 可能根本就没有用到区块链技术，就在网上搞了一个山寨的空气币交易软件，就明目张胆地出来骗钱！所以我们这些踏实搞区块链的，是有义务挺身而出、仗义执言的！”春哥说到这儿，语气都变得铿锵有力，慷慨激昂了。

“你继续！”宁佳听得饶有兴趣。

“目前，区块链已经在很多应用场景落地，除了之前说的金融交易，还比如保险、学位证书颁发等。在不久的将来，区块链就会和现在的移动支付技术一样，逐渐渗透到普通人生活的每个角落。现在 ICO 已经被全面叫停了，泡沫散尽之后，大家可以冷静地聚焦在区块链技术本身和它未来的应用前景上，而不是被 ICO 骗钱的表象所迷惑。”春哥总结陈词道。

宁佳若有所思地点点头，笑着说道：“你已经撇清了 ICO 和区块链的关系，那你能不能跟我讲讲到底什么是区块链？我在网上搜索过介绍区块链的文章，但都太过技术化了，看得头都大了！”

春哥笑了笑，看了看表说：“好像已经过了 10 分钟了。”

宁佳白了春哥一眼，说道：“刚才我是说给你 10 分钟讲清楚 ICO 和区块链的区别，现在我再给你 10 分钟，讲清楚什么是区块链。”

春哥做出一副为难的表情，说：“10 分钟要讲清楚区块链是件比较困难的事。”

宁佳看到春哥睚眦必报的模样，脸色一沉说：“你不讲就算了，我也不稀罕，我回报社了！”

宁佳说着就要起身离座，春哥赶紧做了一个阻拦的手势，连声说道：“息怒，息怒！我尽量用 10 分钟讲清楚！”

为了能让宁佳这样的非 IT 人士理解区块链，春哥决定另辟蹊径，用一种虽然不太准确但是易于理解的方法来给宁佳介绍区块链。

春哥快速整理了一下思路，说道：“首先呢，区块链的核心是去中心化，我还是举个例子说明什么是去中心化。以前，我们从网络上下载电影，都是去一些比较知名的电影网站下载，但其实你还是从网站的服务器上下载电影，这个服务器就是所谓的‘中心’。如果服务器趴下了，你就没办法下载了。与此同时，还有个问题，下载的人越多，服务器负荷就会越重，下载速度也就越慢。而近些年呢，出现了所谓的点到点的下载，什么是点到点呢？就是说现在电影不是存放在某个电影网站的服务器上，而是每个人电脑上都有电影的一部分，大伙互相从对方那里下载自己没有的那部分，最后拼凑出一部完整的电影。点到点下载就是去中心化的，因为不再有服务器这样的中心节点，每个下载的人的角色完全对等。这样的好处至少有两个。其一，原来网站服务器趴下，大伙就无法下载的问题不存在了；其二呢，跟从服务器下载相反，点到点下载的情形下，下载的人越多，速度反而越快，这是去中心化的优点。”

宁佳有些疑惑，说道：“你说这个下载方式我倒是听说过，这跟区块链有什么关系？”

春哥笑着说道：“你先别急，听我一一道来。弄明白了去中心化的概念，我们就可以开始讲区块链了。区块链的本质就是一个去中心化的账本。那么这个去中心的账本如何工作呢？比方说，我要跟你借 1 000 块钱，但我们俩萍水相逢、不太熟。区块链世界里，人与人的关系通常都是这样的，彼此之间互不信任，但是我又必须急用这 1 000 块钱，你又怕我赖账，怎么办呢？于是你就发个朋友圈，留言说‘大伙作证啊，春哥向我借了 1 000 块钱’。接着，你朋友圈里所有人都截个图，每个人又把这个消息转发到各自朋友圈中，朋友圈的朋友又截图发朋友圈……这样，每个人都记下了你借给我 1 000 块钱。当千千万万的人都记录下这个消息时，我肯定赖不了账了。这就是区块链的核心思想，在区块链的交易是所有人一起记，每个人都存了一个账本，想赖也赖不了。”

宁佳想了想，似乎明白了不少，眼珠子一转，说道：“你等一下，如果我现在发个朋友圈说你欠我 1 000 块，哦，不对，是 1 000 万元，大家帮我截图转发，那你不是亏大了？”

春哥笑了笑，说道：“你真是活学活用，幸亏我还留了一手。这里其实有个问题，你在朋友圈里说我欠你 1 000 万，但我并没有留言确认，所以这个交易是不被认可的。同样，区块链为了防止某些颜值高、智商高的人作弊，为了保证交易的有效性，规定必须交易双方都认可这笔交易。那么双方如何认可呢？很简单，就是你在朋友圈发的消息必须经过我点赞，才算认可、才有效，这样一来，问题就解决了。”

什么“高智商、高颜值”，宁佳知道是春哥在变相套近乎，她不想领这个情，说道：“你这样说，我明白了。你说区块链这技术也没那么复杂，网上那些文章偏要弄一堆看不懂的技术名词，这不是故弄玄虚吗！”

春哥喝了一口咖啡，继续说道：“你这样说其实也是误会人家了，刚才我讲的只是区块链最基本的部分，事实上的情形却比这要复杂很多。就拿我欠你钱这个事来说，你原本发朋友圈是说我欠你 1 000 块，然后我点赞了，确认是 1 000 块。但是你后来偷偷地改成 1 000 万，而且还收买朋友帮你记假账，那我该怎么办？”

宁佳想了想，笑着说：“这倒是个好主意，我还没想到，就已经被你琢磨透了。看来搞区块链的也没几个好人！”

春哥一口咖啡差点没喷出来，不满地说道：“还没说到三句话，怎么又把我装进去了！你们当记者的真是厉害，随时随地都在给受访者挖坑！”

宁佳睁大眼睛看着春哥，佯装生气地说道：“喂，你这是在人身攻击！”

春哥故作委屈地说道：“你刚才放了一把火，说搞区块链的没几个好人，我就是一小老百姓，就不能点个灯吗！”

宁佳捂着嘴，咯咯地笑了几声，然后正色道：“言归正传！”

春哥清了清嗓子，继续说道：“区块链规定，不是每个朋友转发的消息都会被标记为有效账目而被纳入账本，只有满足一个特定条件，比如这恰巧是今天的第十万条朋友圈消息，这条消息才会被采纳到最终账本里。因此，如果你的朋友要帮你伪造也不容易，要付出很大的代价，发大量的朋友圈，却不一定有效。”

宁佳点了点头，说道：“看来这个区块链的设计者考虑挺周全。我还有一个问题：朋友圈里的朋友凭什么要花时间帮你记账呢？”

春哥接着说：“任何一种制度，必须有激励机制，有效的激励是社会进步的根本动力。回到刚才我讲的，别人凭啥帮你转发朋友圈来记账呢？这时候，区块链的激励机制出场了——当你的转发被纳入账本时，你就会得到相应的奖励。”

春哥用朋友圈消息的例子，形象生动又条理清晰地讲了半个多小时，宁佳终于搞明白了区块链的来龙去脉。

宁佳喝了一口咖啡提了提神，说道：“听你这么一讲，我觉得其实区块链也没有传说中吹嘘得那么神秘，也不是什么神乎其神的高科技。”

春哥点头表示同意：“现在有些人认为，影响未来高科技的不是人工智能而是区块链。我并不是很赞同这个观点。区块链虽然有一定的价值和广泛的应用场景，但绝非能解决所有问题的大力丸。现在区块链被过度炒作，什么都要扯上区块链，很多投资人变成了‘非区块链概念不投’，有些人甚至提出了区块链马桶的概念，这简直是在毫无底线地蹭热度。前不久，国外的一份分析报告很悲观地认为，区块链这项新技术的泡沫将在两年内逐渐破裂，到 2025 年其光泽将消失殆尽。”

“呵呵，那到时候你岂不是要失业了？”宁佳幸灾乐祸地说道。

“失业了不是可以去领低保吗？”春哥笑着说道，“再说还有你这位大记者，到时候如果你写一篇海归博士失业领低保的新闻报道，一定很轰动。我现在可以承诺，届时我只接受你的专访。你最好能做成系列追踪报道，一定记住，还要找几个专家来点评一下……”

说到这儿，春哥顿了顿，小声地说道：“我只有一个小小的要求，到时候稿费能不能分我一半？”

“你，你……哼，真没见过你这样插科打诨的藤校博士！我真怀疑你的学历造假！”宁佳白了春哥一眼说道。

“哎，说到学历造假，我还真有这样的疑问，下次见面我把硕士和博士学位证书带来，你帮忙鉴定一下，看看我是不是读了一所假的藤校。”春哥一本正经地说道。

宁佳又好气又好笑，说：“你就接着贫吧！谁答应下次还跟你见面了！”

春哥连忙打哈哈，笑了笑，说：“其实我想告诉你，不是每个读博士的人都如你想象的那样迂腐！你看有个脱口秀演员，口吐莲花，不照样是博士嘛。不过他读的那个大学，在我们看来就只能呵呵两声。”

“你就嘚瑟吧，斯坦福的了不起吗！哼！”宁佳见不得春哥小人得志的样子。

春哥立刻露出谄媚的笑容，小声地说了一句：“说句心里话，其实我觉得武大的才是最好的！”

宁佳扭过头，斜眼看着春哥，带威胁的口吻说道：“你什么意思？”

春哥连忙打着哈哈，给自己圆场：“扯远了，扯远了！说回刚才那篇报告，报告抛出了一个观点，当前所谓的区块链应用，95% 都可以用数据库或者类似的技术取代，所以很多应用是为了区块链而区块链。报告中还提到区块链的致命伤是效率低、资源消耗巨大……”

宁佳有些惊讶，问道：“效率很低？为什么呀？”

“你还记得我刚才举的发朋友圈的例子吧？我跟你借 1 000 块钱，所有人要转发上万条朋友圈，但只有一条能最终被录入账本，而剩余的那些没有被录入的朋友圈消息，完全是无效的。研究表明，一笔用区块链来记账的交易，它的能源消耗比一次 VISA 交易多 5 000 倍左右。”

宁佳点了点头，说：“如此看来，区块链还有很多问题。对了，我看报道说，区块链成功解决了供应链上产品的溯源问题，这个是怎么实现的呢？”

春哥笑了笑，说：“看来你还知道的不少！我前不久在网上看到类似的新闻，说区块链成功用于审查珍稀可可豆的整个环节——从秘鲁丛林采摘，通过火车、卡车和货船一路运送，最终成为芝加哥销售的巧克力棒。然而事实上，区块链能保证的仅仅是在这些环节中的每条信息是某年某月某日由某个交易员录入的。比如说，区块链记录显示，这个可可豆从秘鲁安第斯山脉的 Maranon 峡谷采摘，这条记录是我添加上去的。这时候，如果你问区块链这个可可豆真的是在那里采摘的吗，区块链只能说无可奉告，因为它不知道我是不是在撒谎。”

宁佳笑着说：“这倒是，说不定这可可豆就是在附近的农场摘的。”

春哥点了点头，说：“这个完全有可能，如果从源头就开始造假，谁也没办法！”

宁佳不假思索地说道：“这说明了一个道理，再先进的技术都敌不过人性的贪婪。”

春哥摆出一副崇拜的表情，赞不绝口地说道：“你们当记者的，说话就是有水平，看似平淡无奇的一句话，就能准确揭示事情的本质。”

宁佳斜眼看着春哥，一字一句地说道：“哼，无事献殷勤！”

春哥笑了笑，说：“这话绝对是发自肺腑的赞美！”

第三章

不修边幅的大叔

春哥发布招聘区块链程序员的启事后，一位四十多岁、自称是程序员的大叔来应聘；春哥给番仔介绍基于区块链的网络安全加密基础知识，却被大叔屡屡挑刺；平时不显山露水的大叔常常有惊人之举，让春哥刮目相看……

与宁佳第一次见面之后，春哥并没有急切地想将两人的关系往更深一步发展，因为现阶段，春哥工作和生活的重心还是在春链公司的发展上。

自从春链的创始团队组建完成，春哥、小睿和番仔三个人都斗志昂扬地投入区块链平台建设的事业中。按照春哥的说法，春链的征途是区块链的星辰大海。虽然小睿觉得这个说法有拾人牙慧之嫌，但是创业团队无疑需要一个伟大的愿景来激励人心，尽管现在团队只有他们三个人。

三人都是码农，每天忙碌地开发春链区块链平台，没有专人负责行政、人事，这些活计实际上被春哥和小睿分担了，有些具体的工作就安排给了番仔。

最近两个月春链的开发进展迅速，但是开发工作没有因此减少，反倒越来越多。春哥带头“996”（早上九点上班，晚上九点下班，一周工作六天），小睿和番仔自然也没有懈怠，只是小睿的男朋友颇有微词，好在小睿性格强势，每次都把男朋友“硬怼”回去。

按照春哥的计划，团队要在下个月正式发布春链 1.0 版本，但是按照现在的开发进度，即便是三个人不眠不休地拼命加班，下个月底也无法完成 1.0 版本的开发工作。

想来想去，春哥认为有必要补充人员。虽然补充人员在短时间之内无法提高效率，甚至因为分配老手去带新人，在一定程度上还可能拖慢开发进度，但是从长远考虑，春链的发展壮大不可能只靠他们三个人。

晨会上，春哥交代番仔去起草一份岗位职责说明书。这些年，番仔写了不少程序，也干了些杂务，可是还没有承担过招聘这么高大上的任务，立即就嚷嚷说没有做这些东西的经验。春哥听了毫不在意，大手一挥："你随便上网搜个例子，照着改改就好了，反正也没有人会对着岗位职责说明书的条款投简历。"

依葫芦画瓢，番仔还是会的，复制、粘贴更是手到擒来。不到一刻钟，番仔就拟好了岗位职责说明书，并发布在了国内几大人才招聘网站上。

番仔满以为招聘启事一旦发布出去，很快会有许多人来投简历和面试，让他应接不暇。然而"理想很丰满，现实很骨感"这句话套用在现在的番仔身上一点都不错。招聘启事发出去之后如石沉大海，过了好几天都没有动静。

晨会的时候，春哥问番仔道："怎么样了？有人来应聘了吗？"

番仔还没开口回答，一旁的小睿就忍不住大笑起来，差点把刚喝的美式咖啡喷出来。

春哥一脸不解，一本正经地说道："一氧化二氮（笑气）泄漏了吗？"

小睿笑了一会儿才平复下来，说道："我昨天忙里偷闲上网看了看番仔发布的招聘启事，任职要求第一句就是10年以上区块链开发经验。"

春哥一时没反应过来，问道："这有什么问题吗？"

小睿一脸鄙视地看着春哥："你是真糊涂还是揣着明白装糊涂？就算是中本聪本人看到这个招聘启事，也只能无奈地回复一句我好像年限不够啊！"

春哥明白小睿的意思，只能用一声呵呵掩饰尴尬，赶紧转向番仔继续问道："怎么一直没有人来？"

番仔一脸委屈地说道："我之前以为应聘的人会接踵而至，但是仔细想想，区块链现在超火爆，区块链的开发人才也是炙手可热，我们是小公司，每个月工资才 5 000 块，没人来很正常……”

小睿也点了点头，说道：“创业团队的人员一般都是互相介绍来的，别人都不知道咱们公司的‘底细’，谁敢来呢！”

春哥点了点头，赞同二人的观点。想想自己当年在 BetaPoint，公司要招聘高级人才，要不就是给高薪，要不就是给期权，否则根本无法招揽到优秀的人才。

“哎，好吧，招人这事再从长计议吧！”春哥只好无奈地说。

就在春哥准备宣布散会的时候，一个头发散乱、领子洗得发白、裤子也皱皱巴巴的大叔探头探脑地出现在包房门口。大叔踢踏着一双明显比自己的脚要大的凉鞋，磨得露出了部分底色。

大叔在包房门口左顾右盼，然后便旁若无人地走进包房，在每个人的座位面前都溜达了一圈。

大叔走到番仔的座位跟前，看着番仔电脑屏幕上大段大段的程序代码驻足不前。

这位举止怪异的大叔立刻吸引了众人的注意，春哥担心大叔是来打探情报的，于是忍不住问道：“请问，你是？”

番仔的想法跟春哥截然不同，他想到了之前石沉大海的招聘启事，忽然想到了什么，问道：“你是不是来面试的？”

番仔的问题让对方措手不及，大叔愣了两秒钟，然后笑着点了点头，说道：“对对对，我是来面试的。”

春哥上下打量了大叔几遍：不修边幅的外表，虽然算不上邋遢，但的确异于常人。这让春哥不禁想起以前在 BetaPoint 的怪咖同事，他们对穿衣打扮从来不放在心上，写的程序代码却异常“彪悍”。很多人说程序员都是吃青春饭的，但是春哥这些同事，常常四五十岁还在干这个活，老板要提拔他们管理层，人家还不乐意，一言不合就撂挑子走人。

春哥想了想，对大叔说道："我们到外面聊聊吧！"

两个人在创业咖啡找了个卡座面对面坐好，春哥开口问道："大……大哥，你能自我介绍一下吗？"

春哥原本想叫对方一声大叔，话到嘴边又觉得不妥，联想到最近朋友圈被"油腻中年人"的话题刷了屏，春哥还是改口叫了一声"大哥"。

春哥这声"大哥"让坐在对面的大叔不禁心生感慨，叹了一口气。

"怎么了？"春哥不明白大叔为什么突然叹气，难道是因为自己的公司太小而感到失望？

大叔这才回过神来，抱歉地说道："哦，不好意思。我叫戚晟，今年四十六，做了二十多年码农，一直在公司做研发，从最早的汇编、C到C++、Java我都写过，现在流行的Python也会一点……"

"哦，戚先生，你带简历了吗？"春哥看见戚晟两手空空，还是忍不住问了一句。

"哦，我的经历比较简单，所以也没有专门写个人简历，你有什么问题直接问我就行了！"戚晟解释道，然后顿了顿又问，"我看你们是个创业公司，具体是做什么的？"

戚晟这个问题让春哥无语了，春哥心想，连我们公司是做什么的都没了解清楚就来面试，这位大叔做事未免太鲁莽了吧！

春哥虽然极其不乐意，但还是压着性子说道："我们是一个创业公司，做区块链相关开发的，目前正在研发一个区块链平台系统。现在公司的业务发展很迅猛，所以要招几个区块链程序员……”

戚晟笑了笑，说道：“虽然现在所谓的区块链程序员需求很大，薪资也高，不过区块链其实不需要什么专门的‘区块链程序员’，会 C 或者 C++ 的程序员就可以了吧！”

春哥点了点头，心想这大叔看上去有点不着调，说起话来却一点不含糊。戚晟说得很对，开发区块链的程序员其实不一定要懂区块链，他只要能按照系统架构师设计的系统架构完成软件开发就行了。

春哥接着问道：“戚先生，您还是说说区块链吧……”

大叔清了清嗓子：“区块链我曾接触过一些，算是有一定的了解吧……”

“多深的了解呢？你能详细说一说吗？”春哥问道。

“十几年前我就开始做区块链的开发了……”戚晟清了清嗓子说道。

听到这个“十几年”，春哥心里一阵嘀咕。从中本聪提出区块链的概念到现在不过才十年，如果有人说他十几年前就开始做区块链开发，那一定是在瞎扯。且不说大叔的年纪已经奔五，不适合创业团队了，就凭这种说话不着边际的性格，春哥基本决定不会录用戚晟。

不过 BetaPoint 的 HR 曾经告诉过春哥，如果你想要拒绝一个候选人，最好还是和他多聊一会儿，显得比较尊重人；如果决定接受一个候选人，倒是可以很快把人打发走。于是春哥决定跟戚晟再多聊两句。

春哥不想再听戚晟吹嘘他十几年的区块链开发经历了，于是说道：“戚先生，介绍一下您的学历和研发经历吧！”

“我在泉城的布鲁弗莱高级技工学校毕业后，就进了蓝鸟培训学校进修了 Java 开发，之后就一直在银山公司做网络安全方面的软件开发。你知道的，银山公司的安全软件是很厉害的，我也从中学了不少这方面的知识。”戚晟一本正经地说道。

布鲁弗莱高级技工学校的王牌专业不是厨师和挖掘机吗？没听说他们的计算机编程专业很厉害呀。春哥心里嘀咕了几句。

听说戚晟在银山公司做过网络安全，于是春哥问道：“你能简单说说数字证书和数字签名吗？”

“数字证书是对一个人身份的证明，和一般的证书不一样，数字证书是把对一个人的身份描述和他的公钥关联起来的一个证明。一般是由证书认证中心，也就是 CA 签发的。”戚晟条理清晰地说道。

听了这话，春哥竟然在心里给戚晟打高了几分，继续问道：“你就当我是一个外行，对什么 Java，什么叫 C 一窍不通，你如何才能让我明白数字证书和数字签名，还有你刚才提到的公钥？”

“要让外行都能听懂，就要先说公钥了。在加密技术中经常使用的一类特殊的加密机制，就叫作公开密钥系统，它相当于一种特殊的锁，这种锁有两把钥匙，这两把钥匙是完全不同的，类似现在装修用的 AB 钥匙。这两把钥匙之间是没有关联的，就是你拿到其中一把钥匙，你仍旧不知道另一把钥匙是什么样子的。这种锁很特殊，用 A 钥匙锁上的，必须用 B 钥匙开；用 B 钥匙锁上的，必须用 A 钥匙开。一般来说，这两把钥匙其中一把给使用密钥的人，或者叫密钥的主人吧，密钥主人自己私下保存的，被称为私钥；另一把钥匙经常被复制无数份，发给任意人，这些被称为公钥，就是公共钥匙。如果其他人要给密钥主人发信息，就用公钥加密，只有密钥主人自己能解出来。其他人虽然也有公钥，但也只能干瞪眼。而密钥主人把一个东西用私钥加密，就相当于自己盖了个章，大家用公钥都可以解密，说明这个东西是这个使用人盖章的。这也是密码学上一个常见的机制，我有一个小秘密，就不告诉你，但我可以证明我知道这个小秘密……”戚晟摇头晃头地说起来，说到兴起的时候，还忍不住哼了两句。

那两句“就不告诉你”非常有韵律，春哥差点笑出声来，竟然看这个不修边幅的大叔顺眼了一些。

“至于数字证书和数字签名的概念嘛，要先从数字签名开始说。传统的签名一般是签在一张纸上，表示签名的人认可这张纸上的内容，所以一般我们很少在空白的纸上签字，也不会在签署的文字内容中空很大空间，以避免有人在中间加入内容。”

“这时候，这个签名就代表了你本人。所以本质上需要一个把人和他签的字联系到一起的关联过程，也可以叫作认证过程。那么怎么关联呢？在签名的过程中，你的书写习惯和字体特征是别人难以模仿的，只要专家判定签名的书写习惯和字体是只有你具备的，这个签名就和你关联了。当银行转账或者玩网络游戏的时候，因为只有你知道密码，你就和你的银行卡号或者游戏账号关联起来了。而在区块链的数字签名中，这个和你关联的外在事物就是你的私钥，也就是说，私钥就代表你。”

“请继续，你可以一直陈述，直到没有什么可以说的。”春哥觉得这位大叔讲问题还不错，于是补充了一句。

“好的。再说一下认证。认证的方法很多，本质上有三大类。第一类是你知道什么，例如你的密码、保密问题、银行有时会问你身份证号码后四位……这些都属于这一类；第二类是你拥有什么，例如你持有的图章、银行卡、手机、身份证、交通卡、U盾都属于这类；第三类是你是谁，例如指纹、视网膜纹、声纹、DNA，还有签名习惯都属于这类。现在，认证通常需要使用至少两类，所以常常被称为双因素认证或者多因素认证。”

“在手写签名的例子中，签字本身就是代表你是谁的一种认证关联。在数字签名的时候，你一般会持有私钥，而私钥是一串很长的数字，一般人是不可能背出来的，所以私钥常常作为文件存放。为了防止别人直接攻破计算机偷走私钥文件，这个文件往往还需要加密，加密的密码需要背下来。签名人有私钥文件，又能够背出密码，解出私钥，所以这个私钥在一定程度上就可以代表签名人了。”

“签名的时候一般先把需要被签名的文件内容做一个散列，这个散列是密码级的散列算法，我就不详细解释了，否则又有一堆内容。而散列的结果就是原来文件的指纹，也可以叫作文摘。然后用私钥对这个散列的结果进行加密，也就是数字签名。任何持有公钥的人，都可以重新对文件内容做一次散列，获得这个指纹。把用公钥解密出的内容和指纹对比，如果是相同的，说明是签名人用自己的私钥加密的。因为这个私钥只有签名人才有，就相当于签名人做了一个签名动作，这就是数字签名。也相当于我们在一个文件上签名的过程，这样就把自己的签名和文件关联到了一起。关于数字签名的描述差不多就是这些。”戚晟一口气说了几分钟，说得都有点口渴了。

春哥觉得外行不一定能完全听懂戚晟的解释，但是戚晟的解释也算是条理清晰、理论正确。

“那么数字证书呢？”春哥继续问道，然后亲自给戚晟端了一杯水。

戚晟一口气喝了大半杯水，继续说道：“数字证书既是一种数字签名的应用，也常常是数字签名真正被使用的基础。数字证书的签字方是证书认证中心，也就是CA。CA签署的文件是一种特殊的文件，是把一个公钥的所有人和他的描述信息关联起来的文件。因为公开密钥系统中的公钥是任意分发的，我们拿到一个张三的公钥，不一定就是真的张三的。有可能是李四拿一个自己的公钥出来，假装是张三的。这样想给张三发的机密信息就发给了李四，同样，李四也可以伪造张三的签名。为了解决这个问题，需要由大家都认可的证书认证中心对某个公钥和这个公钥的真正主人签署关联的文件。相当于在公钥上写：这个公钥是张三的。后面署上 CA 的签名。”

“可能有很多人都叫张三，所以这个公钥所有人一般有一个详细的描述，比如：中国的、北京市的、海淀区的、中关村的、春链的张三。当然，在用区块链的时候，由于区块链的匿名属性，只需要知道这个公钥的持有者是那个有 78 个比特币的、ID 叫作‘人五人六’的人就可以了。”

春哥听了大吃一惊，很少有人能用很少的语言把数字证书的问题讲得这么清楚。这个叫戚晟的大叔，除了有些爱吹牛，还是有些料的，看来泉城布鲁弗莱高级技工学校还真是一个出人才的地方。

虽然对戚晟的印象改善了很多，春哥还是没有决定是否录用他，于是想了想说道：“戚先生，今天的面试就到这儿，我们会在一周之内给你答复。谢谢！”

戚晟笑着点了点头，似乎对面试结果并不在意。戚晟拿过桌子旁边的餐巾纸，用铅笔在上面写了两行字，然后指着上面一行数字，说：“这是我的手机号……”又指指下面一行混合了数字和字母的文字说，“这个你问问你们那个小伙。”

说完，戚晟向春哥露出一个意味深长的笑容，拖着自己的凉鞋大摇大摆地晃出了创业咖啡。

拿着大叔给的餐巾纸，春哥一头雾水地回到了包间。回想起大叔临走时的话，春哥把餐巾纸递给了番仔，说：“这是那位大叔给你的。”

“给我的？”番仔奇怪地说道，伸手接过餐巾纸。

番仔看了一眼，大惊失色："这是我的账号密码。"

"你哪个系统的密码？"春哥问。

"我基本上用同一个密码。"番仔悻悻地说。

"他刚才进来的时候，你敲密码被他看到了？"春哥猜测。

番仔想了想，摇了摇头说："不可能，他进来的时候我们都在开会，我没有登录任何系统。"

春哥也被惊了，沉默了一会儿，说道："这个人我们要了！"

小睿正在旁边努力地写代码，耳朵却没闲着，听了刚才春哥和番仔的对话，小睿抬了抬眼角，说："至少招过来，问他这是怎么回事吧。"

春哥一早来到创业咖啡，小睿已经到了。小睿为了避开早上的限行，比平时提前了半小时出发，春哥进门的时候，她正在打哈欠。

看到春哥进来，小睿捂着嘴说道："你还是来得这么早啊？"

春哥嘿嘿傻笑了一下，说："你也挺早，一日之计在于晨，我们创业团队就是要抓紧时间。对了，今天戚晟会来上班，我们全员欢迎他一下！"

春哥话刚落音，番仔拿着一个煎饼果子冲进了创业咖啡。小睿皱了下眉头抱怨道："说你多少遍了，吃完了进来，这里空间小，味道大，中午都还能闻到味道……"

春哥瞟了番仔一眼，说："好了，先去外面把煎饼吃完。"

九点之前五分钟，戚晟踢踏着凉鞋走进了包间，还是昨天那个不修边幅的装束，胡子似乎比昨天多了一些。

戚晟在包间的空桌子上放下自己的电脑包，取出了一台笔记本电脑，又从门外拉了张椅子进来，坐下之后便开口问道：“你们的代码管理工具是什么？怎么访问？”

春哥还没来得及回答，戚晟随意地左右看了看，然后笑了笑说：“你们用 Git 吧？URL 是什么？谁给我个授权……”

“你怎么知道？能解释一下吗？还有，你昨天怎么知道我的登录密码？”番仔一脸惊愕地看着戚晟问道。

戚晟说：“魔术师不会泄露他们的秘密。”

接着戚晟转向春哥说道：“我虽然比你大，但是你是老板，所以我还是叫你春哥好了。春哥，服务器的地址是什么？”

“我来给你配吧！”春哥一边说一边敲击着键盘帮戚晟设置好配置参数，并导出了代码。

没有欢迎仪式，戚晟迅速进入了工作状态。面积不大的包房里面，春哥、小睿和番仔都在噼里啪啦地敲击键盘写代码，而戚晟则安安静静地阅读代码。

这几天，春哥照常每天检查 Jenkins① 中的持续集成情况，他奇怪地发现，整个系统的编译时间变短了，更让他感到奇怪的是，系统“冒烟测试”的时间极大缩短，测试时间只有原来 1/10，这样进行区块生成测试的间隔时间虽然没发生变化，但是单位时间内可以测试的随机数的数量增加了好几倍。换做其他人或许察觉不到这些变化，但是对于天天盯着系统运行测试的春哥来说，再细微的变化都逃不过他的眼睛。

春哥检查了最近一段时间提交的代码，发现主要来自番仔和戚晟。番仔的编程水平，春哥是清楚的，以他目前的能力还达不到这个水平，那么原因十有八九出

① Jenkins，基于 Java 开发的一种持续集成工具，用于监控持续重复的工作。

在戚晟身上。

春哥趁着番仔出去“放风”的时候，问戚晟：“最近，我发现系统的效率提升了很多，大概提升了10倍左右，你干的？”

“算是吧。”戚晟继续盯着电脑屏幕说道。

“嗯？”春哥不明白。

“我看过番仔提交的代码，恕我直言，他对基本的加密概念和Merkle tree都不太清楚，因此他的代码让系统的效率降低了75%。不懂原理的人虽然也能写程序，但是效果就不敢恭维了！”戚晟直言不讳地说道。

最近所有人都在忙着赶进度，所以只要代码编译能通过且执行的结果正确，春哥就不会对代码的效率进行检查，今天听戚晟这么一说，春哥便想明白了事情的来龙去脉。

如今春链平台已经有几万行代码了，要从这几万行代码中找到影响系统运行效率的部分加以改进并不是一件容易的事，春哥自认为换了自己，至少需要半个月才能定位原因，但戚晟满打满算就用了3天。

“你是怎么发现的？”春哥好奇地问道。

戚晟笑了笑：“都说过魔术师是不会暴露他们的秘密的，如果你写代码的时间超过20年，我想你也能做到。”

这时候番仔“放风”回来，春哥直接就问：“你知道Merkle tree吧？”

“不懂！”番仔摇了摇头说道，“对了，你上次让我使用的SHA-256，我也不太明白。”

番仔在宏软待了几年，现在虽然写程序的速度很快，但因为出身机械工程专业，所以计算机基础知识一直是他的一大死穴。

春哥听了摇了摇头，说："写程序的人不能只会码代码，还要知道下层软件提供了哪些函数，基础知识是很重要的，看来我有必要给你普及一下。"

春哥理了理思路，开口说道："你知道什么是加密吧？"

番仔想了想，回答道："加密是用口令来保护我的计算机吗？"

番仔的回答让春哥不由自主地摸了摸自己的额头，心想：番仔你是走后门进的宏软吗？

春哥咽了一下口水，决定从最基本的内容开始谈。

"加密就是把一段文字变成别人看不懂的。在知道方法的情况下，自己人可以从这些看不懂的内容中，把原来的文字恢复出来。"

"加密的方法虽然有很多种，实际上只有两种常见思路。一种是把字换掉，就像《福尔摩斯探案集》里面跳舞的小人。你看过《福尔摩斯探案集》吗？嗯，那差不多是 30 年前的电视剧了，那时你应该还没出生。简而言之，就是用一个符号去替换另外一个符号。我们用字母来举例吧。"说着，春哥在白板上写了几个字"Hello World"。

"我们可以定一个替换表，简单规定将每个字母替换成字母表上它之后的第 5 个字母，那么'Hello World'就变成了'Mjqqt Btwqi'。"说着，春哥在刚才的"Hello Word"下面写下"Mjqqt Btwqi"。

"知道这个规则的人，只要拿到加密后的文字，将每个字母按字母表向前推 5 位，就得到可读的结果了，这个可读的内容就叫作明文。"春哥用白板笔点了点"Hello World"。

"而这个不容易理解的就是密文。"春哥又点了一下"Mjqqt Btwqi"。

"如果是中文，也可以用类似的方法。看过《潜伏》吗？剧中余则成接收任务的时候都要拿出一本书来翻译电文，他那本书就相当于替换表。发命令的人把文字变成第几页、第几行、第几个字这样的替换数字，然后余则成根据数字查找替换表，重新变回文字。”

“当然，这种替换方法有个很大的缺陷。因为不同的字母的出现机会是不同的，有的字母很常见，类似 a 啊、e 啊什么的。有的组合也很常见，比如英文里的 th、te。所以统计一下不同字符的出现机会，就可以估计出每个字母的大致替换规律。然后就可以比较容易地破解这个密文了。为了解决这个问题，一个思路是用多个符号替换一个符号。就好比余则成翻译电文用的那本《梦蝴蝶》，里面同样的字肯定出现在不止一个地方，即使是同样的字，每次也都选择不同位置对应的数字，监听的人就不能仅仅用出现机会来猜测数字。在 20 世纪 60 年代，美国有个叫黄道十二宫杀手的系列杀人犯，就用多个图形符号对应一个英文字母来给警察发信，提高破译难度……”

“弱弱地问一句，黄道十二宫跟黄金圣斗士有关系吗？”番仔小心翼翼地问道。

“有半毛钱关系！”戚晟在旁边笑着插话。

番仔白了戚晟一眼，然后对春哥说道：“继续，继续！”

“另外一种常见的方法是换位置。按照规律从不同的位置读。就好比藏头诗，从诗每一句的第一个字来读。这个方法最早是古罗马的将军们用的，他们把纸条像螺纹一样绕在一根棍子上，然后把要写的内容竖着写。收到纸条的人只要将纸条绕在同样粗细的棍子上，就可以读了。这个方法也有问题，敌人如果缴获了纸条，只要将纸条绕在不同粗细的棍子上，分别读读看，总会有读通顺的时候，这样，就知道内容是啥啦。”

“现在已经没有人直接用字母替换法或者位置变换法来加密了。特别是使用计算机后，手工做的加密总是可以用计算机方法硬试从而破译，不过既然可以用计算机破解，当然也可以用计算机来加密。”春哥露出熟悉的表情，“所以后来发展出了很多加密方法，都是用计算机来做的。本质上，计算机加密是替换和移动位置结合在一起的复杂组合。至于怎么算的，你就不用了解了，不同的加密方法计算的方法都不一样，你只要直接调用函数就好。”

“不过现在的加密方法都不指望保密方法本身，比如说《潜伏》里面加密是用一本书，这个事情很难保密，只要出个叛徒，对方就知道你们是用书加密的。可具体是哪本书，叛徒就不知道了，除非他是直接来送这本书的人，所以就算是上级或者直接联系人，即使知道余则成是潜伏人员，也不会知道破解密文的书是哪本。以此为例，在加密中间起作用的叫作密钥，跟英文的钥匙（key）是同一个词。它确实和钥匙的作用是一样的，即使你知道是哪种式样的锁，可是没有对应的钥匙就还是打不开。在计算机的加密中，这个钥匙就是一串数字，每次的数字都是不同的。因为现在计算机的计算能力太强了，这串数字一般很长，用 0 和 1 的比特位来说，经常是几百、几千个比特。如果你只用 10 个比特，最多试验 1 024 次就能知道结果了。”

听到这里，番仔打了个哈欠，说：“你掰扯了这么多，和刚才说的‘莫可吹’有什么关系？而且也没说啥叫‘莫可吹’啊？”

春哥看着番仔叹了口气，说：“这不是为了你能听懂吗？”

“好吧，现在我们说说 Merkle tree。我重复一遍，不是‘莫可吹’，是 Merkle tree！”说着，春哥在白板上写下了“Merkle tree”一行英文。“如果一定要将它翻译成中文，也可以叫作默克尔树。”

“在说 Merkle tree 之前，要先说一个叫作散列的概念，英文是 hash，有时候也被翻译成哈希。你编程这么久了，肯定会用散列。最简单的散列就是取几个比特分个组，比如二进制最后两位是 00 的、01 的、10 的、11 的可以分成 4 组，于是就可以把任何散列都归到这 4 组中。好比数字 25，转成二进制就是 11 001，就会被归到 01 这个组里。”

“这种散列方法使用很方便，我们也很容易根据组的编号构造出一个数字，这个数字会被散列到这一组。就拿刚才的散列方法，我们知道某个数字属于 01 组，那么在前面随便补一些 0 和 1，保证最后两位是 01，就得到了一个数字，比如补充成 11 101，这个数字是 29。散列不仅仅可以用于数字运算，也可以从文章、文字或者计算机里字符串的内容中计算出来。”

“在密码学和区块链应用中，有一大类需求，要求设置‘障碍’，使其他人很难从一个散列后的结果，比如刚才提到的组编号，构造出任何原始的文字内容。哪怕原始内容修改了一个比特，散列结果也会有巨大的变化。这种散列还有一个专门的名字，叫文摘，就是说这个散列的结果可以代表原来的文字。有时，人们也叫它指纹，就好像指纹一样，可以代表一篇文章。我们让你用的 SHA-256 就是这种散列方法，甚至在英文上，SHA 这三个字母分别就是安全散列算法，三个单词的第一个字母。所以密码中用到的散列也称为密码级散列、安全散列或者单向散列。”

“散列和加密有一点非常不一样。散列是从数字、文字到一个固定长度的编号的计算过程。好比刚才那个后两位是 00、01、10、11 的编号，或者 SHA-256 这种到 256 个比特的编号。不管比特数是 2 个还是 256 个，总之都是有限的，所以一个散列编号可能会对应无穷多的原始数字或文字。2 个比特只有 4 个编号，所以找到对应的原始文字很容易，而 256 个比特构成的数字足以给宇宙中每一个原子编号，所以要找到一个编号的原始文字是非常困难的。加密就不一样了，加密要使拿着钥匙的人能够解出原来的文字，所以加密后密文的尺寸一般不会比原文小，像《潜伏》里那样，把文字变成书里位置的方法，加密后的数字个数比原来的文字个数要多得多。”

“只要用密码级散列的方法将一篇文章做成一个散列，得到的结果就可以代表这篇文章本身。要是有人篡改了文章的内容，就必须重新计算一次散列结果，但这样，验证的人马上就会发现。而且通过散列结果计算原文非常困难，可是根据一篇文章的内容计算散列却非常容易。”

“我可以把篡改之后的文章重新算一个散列。”在旁边写代码的戚晟突然插了一句。

春哥听了一愣，对戚晟说道：“你说得没错。为了防止有人把文章和散列一起修改了，我们一般会对原文加密或者对散列结果加密，有时候也用其他方式单独发送散列结果。比如在网上下载某些安装程序的时候，散列值会被公布，下载好的安装程序再计算一次散列值，就能知道安装程序是不是被人修改或者添加了病毒之类的。”

“其实也没太大用！我可以攻破这个网站，修改公布的散列值，还可以用欺诈网站冒充官方网站，还可以修改下载的网络包里面的散列内容。”戚晟又加了一句。

春哥又无奈地看了一眼戚晟，有些无力地说：“这些都对，但番仔还没学会走，就先别学跑了，我们还是先把 Merkle tree 说完吧。”

春哥继续对番仔说道：“Merkle tree 就是利用密码级的安全散列函数来构造信息的验证方法。”春哥先在白板上画了一幅 Merkle tree 的示意图，如图 3-1 所示。

“看这里，首先这是一个很典型的二叉树，这些你应该懂。当然，Merkle tree 可以是多叉的，我们应用的时候，二叉的比较常见，也容易理解。和传统的树不同，Merkle tree 不是从根开始，一直分到叶子，而是从叶子开始，一路算上来，直到根。”

“下面的叶子就是我们记录在区块中的交易记录的散列值，然后，每次合并左右子节点上散列的结果，生成它们的父节点，一直重复这些步骤，直到根节点。只要能验证根节点的散列值正确，就可以证明这个区块里的所有交易记录都正确。你用过 BT 下载吧？我知道你最近下载热剧改用迅雷了。迅雷下载原理和 BT 下载是一样的。一部热剧一般都有几百兆，如果是高清无码的就更大了。”

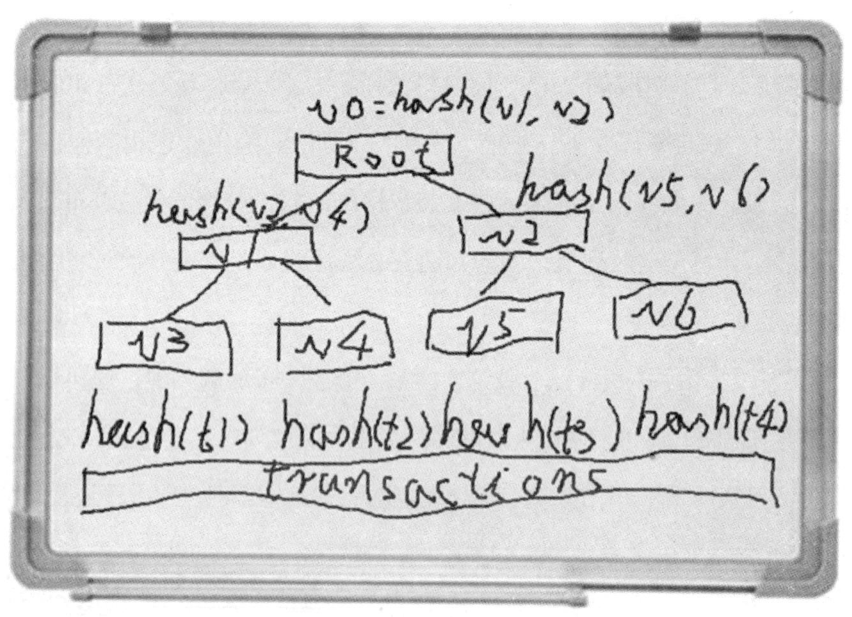

图 3-1　Merkle tree 示意图

“有码和无码对内存的影响很小。”旁边戚晟又插话了。

“How old are you？”春哥郁闷地看了戚晟一眼，忍不住来了句英文。

春哥又接着说道：“这时候就会把大的文件分割成小的数据块，然后同时从多个机器上下载数据。那怎么确定小的数据块没有损坏呢？只需要为每个数据块做散列。在下载到真正数据之前，得先下载一个散列列表，就是我们所说的种子。”

春哥继续说：“实际的种子中还有地址等信息。核心的还是数据块的散列。现在问题又来了，怎么确定这个散列列表本身是正确的呢？答案是把每个小块数据的散列值拼到一起，然后将这个长字符串再转化成散列，这样就得到散列列表的散列结果，也就是散列根。下载数据的时候，首先从可信的数据源得到正确的散列根，然后用它来校验散列列表，接着通过校验后的散列列表校验数据块，这个机制也可以被看作一个多分叉的、两层的 Merkle tree。”

“对散列算法来说，通过散列结果猜测出原文，就叫作算法被攻破。攻破的算法就不能用了，比如 MD5 和 SHA。”

“这个只是原像攻击，MD5 和 SHA 都没有成熟的原像攻击方法。”旁边的戚晟又来了一句。

对于这些内容，春哥当然懂，春哥只是觉得给番仔讲得简单些就足够了。面对挑刺的大叔，春哥只好补充道：“是的，通过散列的结果，猜测出原文的原像攻击是很难的，即使被认为有问题的 MD5 之类的散列算法也很难做原像攻击。而如果已经有了原文，通过修改原文获得和原文相同的散列结果，叫作碰撞攻击。山东大学的王小云教授在 2004 年就完成了对 MD5、MD4 等一系列散列算法的碰撞攻击。也是根据这个原理，虽然现在 MD5 用来存口令的散列结果没有问题，但是不能用来做证书签名，因为签名不变的情况下，证书内容有可能被修改。”

“所以区块链的每个区块都保存了很多交易信息。区块链生成得慢，主要慢在区块生成过程中的随机数猜测环节，而不是验证交易的 Merkle tree 环节。”

“我把你的区块生成部分的效率提高了40倍。”戚晟继续在机械键盘上敲击着，

“你是不是该好好犒劳一下我？”

番仔很不爽地瞪了一眼戚晟，对春哥说：“春哥，听睿姐说，你过去是个白帽黑客，能给我讲讲黑客知识吗？也聊聊你当年的英雄事迹，我最崇拜黑客了！”

春哥有些得意地看了一眼小睿，又情绪复杂地看了一眼戚晟，说道：“黑客最早并不是指计算机和网络的攻击者，而是指那些特别有钻研精神、想搞清楚某个技术到底是怎么回事的一群人。所以最早黑客是指一种精神，和现在书呆子的含义有点类似。”

“就像我们提到的密码级散列，知道基本原理是一回事，知道它有哪些用途并能正确使用的才是黑客。比如在口令前面添加一个随机数，可以保存登录用的口令，就不用在系统中保存口令的原文了，即使攻击者攻破了系统，也不会知道口令是什么。当然，在很多年前，国内著名的程序员网站 CDNS 的口令就是明文保存的，结果 2011 年一次泄露了几百万程序员的口令，当时好多所谓的黑客蜂拥而入，去拉取这些口令的库，这就是所谓的拖库。”

说到这儿，春哥想了想，为了防止番仔想歪，于是把“拖库”这两个字写在了白板上，然后继续说道：“而且真正的黑客还知道，直接保存口令散列是不行的，可以预先构造一个巨大的口令和对应散列的表，需要的时候直接查就可以了，这个错误很多著名的公司都犯过，Twitter、LinkedIn 都犯过这种错误。作为一个程序员，不能只是拿别人的工具用。”

“我和小睿跟着大师兄一起做黑客的时候，组织了国内最早的计算机安全应急响应组，帮学校和单位解决安全问题。看名字就知道，我们那时候不叫网络安全，叫的还是计算机安全。那时候网络还不发达，也没什么地方去下载零日资源……”

“什么叫零日资源？”番仔问。

“零日是 0day 的意思……”说着，春哥在白板上写了“0day”，“这实际上是个比较广义的词，表示发表之前的东西，或者特指发表当天，说这是这个东西的第零日。在安全领域，零日特指攻击方法第一次使用之前或者第一次使用的当天，通俗些说，就是原创攻击方法。能下载到的零日资源，一般也不会是真正的零日，因为实际上它已经被公开了，用的人使用的也不会是原创的了。”

“不过这已经比我们当年好多了，那时候网上的攻击方法经常只有只言片语。要想研究，什么东西都需要自己搞。系统也需要自己根据需要去安装和配置，要做个远程 DNS 投毒或者栈溢出都需要折腾很久。有次为了调试 Windows 的栈溢出，不得不把内存 dump 下来一段一段地翻，在编辑器眼花缭乱的内容中间找有意义的部分。”

春哥扫了一眼戚晟，突然发现他的屏幕上竟然全是十六进制的数据。春哥回想当年在内存中翻数据的历史，不由自主地抖了两下。

“手持两把锟斤拷，口中疾呼烫烫烫。”耳边传来番仔的呼号。

“脚踏千朵屯屯屯，笑看万物锘锘锘！”旁边戚晟接出了下联。

“不要说这种一点也不好笑的冷笑话！”春哥鄙视番仔，“正好考考你，如果你在程序调试的时候出现这些字，一般是什么原因？”

番仔想了想，说：“出现后面那些烫烫烫、屯屯屯什么的，应该是因为变量没有初始化，另外那些我就不太清楚了。”

“基本正确。”春哥说，“也有可能是溢出到没有初始化的空间部分了。至于那个‘锟斤拷’一般是编码问题，它是在转 UTF-8 编码的时候出现的不可识别的字符，所以我们开发的时候也要注意这些问题，特别是未来我们的‘春链’要实现国际化，要支持各种语言，这些都是需要在开发中解决的问题。”

“拜托，你就别出题了。还是继续吹你的牛吧！”小睿在旁边插了一句。

“我这怎么叫吹牛呢？我这是给番仔讲我们当年的英雄事迹，同时帮他建立正确的世界观、人生观、价值观。”春哥强调了一下。

“说起来，白帽也是在发现漏洞，不过他们发现了漏洞后直接提交给相关公司或者部门，通过这些公司提供的奖金来获得收益和回报。”春哥继续说道。

“你当年是怎么搞的？”番仔问。

“我做白帽的时间不长，主要是分析一些著名厂商的著名软件，从中间发现可能存在的漏洞，然后报上去。后来我还做过点儿反病毒的事情。病毒通常分为3类：木马、蠕虫、感染型病毒。所谓的木马，一般不传播，它潜伏在计算机上窃取你的敏感信息。”春哥说道。

番仔插嘴说：“这个我知道，那个××门背后的病毒就是木马。”

春哥微微皱了一下眉，没理会他，继续说道：“蠕虫是指可以传播的恶意代码。这个就好像传染病，它会传染给其他人。比如，早些年臭名昭著的冲击波病毒，就是利用了一个RPC漏洞来传播的。而感染型病毒会感染正常的文件，感染后的文件看起来跟正常文件没什么区别，但事实上已经包含了恶意代码。”

“蠕虫是独立运行的，病毒作为片段在其他程序中运行，它们两者都有攻击性。”戚晟一边敲键盘一边说道。

番仔听了，不由打了个寒颤。

春哥反驳道：“很早就不区分蠕虫和病毒了，比如冲击波病毒是蠕虫，可命名还是病毒。”

见戚晟没吱声了，春哥继续说：“而反病毒软件就是要识别出哪些文件是安全的，哪些是恶意的，这个工作有点像保安。反病毒软件对待安全的文件，就像保安对待业主，要视而不见，放它过去；而对待病毒，就要跟保安对待小偷一样，及时拦截。这个说起来容易，其实还是有很多挑战的。反病毒软件要是把安全文件识别成病毒，叫误报，就跟保安把业主当成小偷一样，不被投诉才怪；而反病毒软件要是没有识别出病毒，叫漏报，就跟保安没识别出小偷一样，工作失职。”

番仔不由点了点头，似乎有些明白了。

“当然，这些黑客做的事情和春链里用的密码学的东西不是一回事，密码学的东西是重要的安全手段。我们做黑客的时候也要学习密码学的内容，比如口令泄露事故出来后，去拖库，然后构造散列库去查原始口令之类的工作，也都要用到基本的密码学知识。对我们来说，重要的是写程序的时候要避免低级错误。另外，我们也要预防常见的针对区块链的攻击。”春哥说道。

“希望我们能避免程序越来越慢的问题吧。”戚晟补充道。

接下来几天，春链的进展越来越顺利，代码效率也越来越高。通过代码审核，春哥很容易知道这都是戚晟的功劳。戚晟甚至在随机数测试部分利用了图形处理器 GPU 的计算能力，同时支持 N 卡和 A 卡，甚至没有利用通用的 GPU 计算框架，而是使用着色器。

像戚晟这种水平的程序员，在国内的程序员圈应该是有点名气的，但是春哥在网上查不到有这样一个人，这也让春哥百思不得其解。不过从最近的情况来看，戚晟并不像是竞争对手派来的卧底，况且像戚晟这种能力的程序员也犯不着来卧底，直接通过网络漏洞，他就能拿到想要的东西。

现在春链平台的开发正处在最关键的时刻，春哥顾不上打探戚晟的老底了，等戚晟愿意说的那天，他自然会告诉大家。

第四章

计算机系双冯

国内大数据独角兽公司的 CTO 冯北来访。当年，冯北与春哥并称“计算机系双冯”；冯北与春哥讨论国内手机公司高粱公司的区块链大数据项目，以及地产公司的区块链电子债券项目，让春哥很受启发……

每每社会上发生热点新闻，春哥的微信朋友圈都会被刷屏，春哥都习以为常了，但让春哥没想到的是，最近刷屏的却是一篇叫作《科技小白，如何秒懂区块链》的文章。

春哥心想，这倒不是一件坏事，如果这类文章真的能让“科技小白”们秒懂区块链，对未来推动区块链的发展和普及不是什么坏事。

春哥把这篇文章仔细读了一遍，吃惊地发现文章竟然也用“朋友圈借钱”的例子，讲解了区块链如何去中心化，如何争夺记账权以及什么是共识机制等。

春哥打心底里佩服这篇文章的作者。文章不仅文笔优美流畅，而且生动活泼。相信很多“科技小白”读完这篇文章，就可以大概弄明白什么是区块链。文章发表不到一天，阅读量已经达到“10W+”，而且还有很多读者留言，赞扬并鼓励作者多多创作这样的科普好文。

春哥看了一下文章的作者，作者用的是笔名，笔名叫“登高望远”。春哥笑了笑，心想这个名字还真不错，于是也在下面留言：“加油，努力！”然后顺手打赏了五块钱，并把这篇文章转发到公司的微信群里。

转完文章后，春哥忽然想到一件重要的事，赶紧把小睿和番仔都召集过来，指着到处散落的参考书、鼠标、套头耳机、没开封的方便面说道：“大家赶紧动手把我们的 VIP 包房给收拾一下！”

番仔挠了挠头，不解地问道：“现在不是挺好的吗，所有东西伸手就够得着，如果都收拾得整整齐齐，哪有创业的氛围！”

小睿也觉得纳闷，当年在实验室，春哥的地盘是最乱的，老板说过他很多回，他认错倒是很快，但就是不改。

“春哥，这可不像你的风格。你看看，整个 VIP 房里面，就你的桌面最乱！”小睿指了指春哥的电脑台面，挤对道。

“你们就别问这么多了，赶紧收拾吧！”春哥一边说一边带头收拾起来。见春哥真的开干了，小睿和番仔也只好动手整理起来。

小睿一边收拾，一边好奇地问道：“春哥，今天是不是有什么重要的人物要来？”

小睿这么一说，番仔也来了兴致，凑到春哥旁边问道：“难道是有投资人要来尽调[①]？”

春哥摇了摇头，笑着说道：“待会儿有个有洁癖的人要过来，避免他絮叨半天，我们还是先收拾一下吧！”

“是谁呀？”小睿更加好奇地问道。

这时候，传来了一阵敲玻璃门的声音，众人都放下了手上的活，不约而同地朝门口望去。

只见一位长发披肩、皮肤白皙、身材高挑的美女站在门口。番仔赶忙放下手里的活，两步走到玻璃房门口，热情地问道：“美女，你找谁呀？”

美女笑了笑，指了指番仔身后的春哥，说道：“我找春哥。”

春哥有些意外地看着美女，说道：“你怎么来了？”

① 尽调，尽职调查，指投资人在与目标企业达成初步合作意向后，经协商一致，投资人对目标企业一切与本次投资有关的事项进行现场调查、资料分析等一系列活动。

这位来找春哥的美女不是别人，正是春哥上次的相亲对象宁佳。

番仔看了小睿一眼，然后小声说道："果然是重要人物，我见春哥瞧她的眼神都不对，两人一定有问题！"

小睿也小声地回答说："确认过眼神，一定有问题！我们就等着看戏吧！"

宁佳微微噘了噘嘴，说道："我就不能来吗？"

春哥满脸堆笑地说道："请都请不到的大记者光临寒舍，真是蓬荜生辉……"

宁佳看了春哥一眼，心道，这家伙又来耍嘴皮子，不过当着他这么多同事的面也不好意思驳他面子。

春哥一边说，一边把宁佳请了进来。春哥忙找了一个刚收拾好的位置，请宁佳坐下，然后对番仔说："去，找佟掌柜要一杯卡布奇诺！"

宁佳笑了笑，心想春哥记性还不错，然后四下打量了一下，问道："这就是你的公司？"

春哥笑了笑，说道："我们这是个初创的小公司，刚刚起步，条件比较简陋，让您见笑了！"

春哥一边说一边暗自琢磨，难道三姑把自己开公司的事透露给宁佳了，所以宁佳今天专程过来考察？春哥不禁微微皱了皱眉头。

这时候，番仔端着一杯卡布奇诺，恭恭敬敬地递给宁佳。宁佳连声称谢，又四下打量了一番，笑着对春哥说道："很多互联网巨头都是从小做到大的，再说你们这儿条件也不错，整洁明亮，还可以随时喝咖啡。"

宁佳这才注意到，番仔和小睿都目不转睛地盯着自己，她略带歉意地说道："忘了自我介绍了，我叫宁佳，是春哥的朋友。"

小睿和番仔纷纷热情主动地跟宁佳打了招呼，然后简单地自我介绍了一番。

简单了解之后，心直口快的番仔又补充了一句：“宁记者，你不知道，听说你今天要来，春哥特意带着我们把这儿捯饬了一下。”

番仔说的是实话，目的是表现春哥对宁佳的尊重。不想这句话听上去却有另一番效果，像是在说春哥平时不打扫，今天的打扫是“临时抱佛脚”。春哥看了番仔一眼，暗忖，这家伙是故意的吗？不由微微皱了皱眉头。

番仔还要继续“爆料”，小睿赶紧打断他，说道：“我们每天都要打扫的，咖啡厅最在乎干净整洁，不能影响老板娘做生意。”

春哥暗暗地朝小睿点了点头，心想，还是自己带出来的徒弟比较靠谱。

春哥带着宁佳参观了一下，然后问道：“宁记者今天大驾光临，正好可以指导一下我们的创业工作。”

春哥说得比较含蓄，不过宁佳这种聪明人一听就明白，笑着说道：“是不是对我的不请自到感到很意外？”

春哥笑着点了点头：“不仅意外，更感到荣幸之至！”

宁佳白了春哥一眼，说：“又开始耍嘴皮子了！跟你说正事，上次跟你聊了一晚上区块链，我把聊天的内容整理了一下，在微信自媒体上发了一篇文章，没想这篇文章很快在微信朋友圈刷屏了，一帮人点赞打赏。你上次不是说要分一半稿费吗，我今天就为这事儿来的。”

“哦，是吗？”春哥有些意外地看着宁佳，“单凭那天我东拉西扯跟你聊了一晚上，你就能整理成文章？”

宁佳得意地点了点头，说：“别忘了，我是当记者的，这是基本功！”

“厉害，厉害！”春哥竖起大拇指称赞道，“赶紧发给我学习学习！我今天早上看了一篇《科技小白，如何秒懂区块链》，作者是‘登高望远’，写得也非常不错。”

宁佳得意地点了点头，说："'登高望远'就是我的笔名。"

春哥立马露出诧异而又赞叹的表情，说："我早上还在琢磨，这篇文章文笔生动流畅，讲述架构完整严谨，举例既接地气又生动应景，没有十年以上区块链的研究经验是决计写不出这篇火爆的科技网文的……"

"得得得，你是批发高帽子的吗？这夸人也忒没底线！"宁佳笑着说道，不过心里还是美滋滋的，"截至进咖啡馆的前一刻，一共收到 3 672 元打赏。按照之前的口头君子协定，我分你一半，微信转账给你。"

春哥"呵呵"地笑了两声，说："我那天说的是，如果失业了就去找你分稿费。我现在刚开始创业，吃饭还是没问题的。分一半稿费就不用了！"

宁佳笑了笑，继续说道："那我就不客气了，以后请你吃饭喝咖啡吧！我今天还有个事儿要跟你商量一下。"

春哥叹了一口气，苦笑着说道："我跟你客气，你还就真不见外了？呵呵，看来分稿费只是一个诱饵，拉我当苦力才是正经事。"

宁佳又白了春哥一眼，说："你要是不乐意就算了，我找别人去！"说着，宁佳就做出起身离座的样子。

春哥赶紧拱了拱手表示歉意，无奈地说道："我又没说不愿意当苦力！能被你宁大记者差遣，也是一种荣幸，对吧！"

"哎，正说反说你都能圆回去，我服了你了！"宁佳摇了摇头说道，"不过这也算是一种能力。说正事，我想跟你合作做一个科技财经类的自媒体，主要介绍一些新科技，目标对象主要是科技小白。"

春哥点了点头，说："现在很多人故弄玄虚，把区块链、人工智能、大数据这些新技术都神秘化，宣传得神乎其神，有人出来澄清和科普肯定是件好事！"

“嗯！”宁佳肯定地点了点头，“像我这种科技小白，其实对科技的科普有很强烈的需求，但是又不知道从何入手。如果一篇一千字以内的文章能够浅显易懂地把这些技术讲清楚，那对我们来说就足够了。”

虽然只看过一次宁佳写的文章，但仅凭那天晚上聊天的内容，就能整理出一篇深入浅出地介绍区块链的文章，证明宁佳的理解能力和文字功底的确是一流的。况且春哥对宁佳的想法也很感兴趣，如果有人用浅显易懂的文字介绍区块链，那对区块链技术的普及真是一件好事。

“好，需要我怎么配合你呢？”春哥接着问道。

“其实也不复杂，就像上次一样，我请你喝咖啡，你跟我聊聊技术就行了。不过以后我可是要录音的！”宁佳说道，“上次我完全是凭记忆把文章写出来的，中间漏掉了不少精彩内容。”

“呵呵，有人请我喝咖啡，这可是大好事！”春哥笑着说道。

“嗯，还是一位大美女请你喝咖啡！春哥，你可不要假公济私……”番仔装作打扫卫生，在春哥和宁佳身边晃来晃去，终于忍不住插了一句。

番仔话还没说完，后脑勺就被人拍了一下，身后传来小睿的声音：“赶紧干活去，大人说话，小孩儿少插嘴！”

春哥朝小睿投去感激的目光，心想，幸亏还有小睿可以管教番仔这家伙。

春哥和宁佳正聊着科技财经自媒体的事，玻璃门外传来了一阵轻微的敲门声，有人问：“请问冯总在吗？”

大家都不约而同地朝门外看去，只见一位年纪与春哥相仿、西装革履、脸色白净的帅哥站在门外。

“冯北师兄！”小睿惊讶地叫了一声。

春哥跟宁佳解释了一句，然后赶紧起身迎了上去，揽着那位白净帅哥的肩膀，笑着说：“你终于来了！”

原来今天冯北从南京到北京出差，顺路来春哥的公司看看。春哥太了解冯北了，他是一个有洁癖的人，一大早春哥召集大家打扫卫生就是为了给他一个好印象。

冯北是春哥大学的同班同学，当年，二人都是 S 大计算机系的风云人物，号称“计算机系双冯”。

冯北看了看刚才正在跟春哥聊天的宁佳，然后小声地对春哥说：“不好意思，打扰你了，罪过罪过！”

春哥听言，在冯北肩膀上捶了一拳，说道：“小心我揍你！”

春哥带冯北到沙发上坐下，介绍道：“这位是《财经时报》的记者宁佳，这位是我同学冯北，现在是大数据独角兽公司 DataWalking 的 CTO。”

宁佳听说过 DataWalking 这家公司，总部位于南京，上个月刚完成了 C 轮融资，估值已经超过十亿元。宁佳几次试图采访这家公司，但都没约上，没想到今天在这儿碰见公司的 CTO 了。

宁佳伸出手与冯北轻轻握了握，说：“冯总，幸会幸会！一直想采访贵公司，希望冯总能拨冗接受我的采访。”

出于技术保密的原因，DataWalking 对于媒体的访谈一向是能推就推，没想到今天在这儿碰上了记者。对方话都说到这份儿上了，肯定没法再推辞。况且这是春哥的地盘，还是要给春哥面子的。

冯北赶紧表示歉意，说道：“不好意思，前段时间忙着融资，我们很少接受媒体的访谈。”冯北一边说，一边拿出自己的名片递给宁佳，笑着说道：“这是我的名片，欢迎大记者到我们公司莅临指导！”

春哥朝冯北微微颔首，暗暗称赞冯北给自己面子。宁佳也赶紧拿出自己的名片跟冯北交换。

“这位是小睿，以前我们实验室的师妹。”春哥又向冯北介绍道。

冯北跟小睿握了握手，说：“小睿，我听说过你，当年号称‘计算机系女生编程第一人’，春哥的高徒！”

冯北这么一说，小睿反而有点不好意思，赶紧摆了摆手，谦虚地说道：“谬赞谬赞！跟你们‘计算机系双冯’相比，可是云泥之别！”

冯北的 DataWalking 现在的估值已经超过了十亿，春哥想趁此机会找冯北聊聊创业融资的经验。

春哥看了宁佳几眼，意思是我们要跟冯北谈正事了，你应该回避一下。但对于宁佳来说，好不容易抓到一个采访冯北的机会，哪能如此轻易地放弃？因此，对于春哥的眼色，宁佳故意视而不见。

“春哥，我想跟你们二位学习一下，你们俩聊天，我旁听一下，不碍事吧？”宁佳的话听上去是征询春哥的意见，弦外之音却是我今天就赖着不走了。

对宁佳直接下逐客令是不可能了，春哥暗自叹了一口气，说道：“没事，我们都很开放的，只不过如果涉及商业机密，你可不能乱写！”

冯北看了看宁佳，又看了看春哥，搞不清楚这两个人是什么关系。不过既然春哥已经发话了，冯北笑了笑说道：“都是自己人，不碍事不碍事！”

小睿和番仔见宁佳明摆着不肯走，春哥也没打算赶人，更加确定这两人的关系非比寻常。番仔暗自庆幸自己对宁佳不算怠慢，心想说不定这位女记者就是公司未来的老板娘。

老友见面，话自然不少。冯北得知春哥在做区块链创业，两人聊天的话题自然就聚焦在区块链和比特币上了。春哥以为冯北一直在大数据领域，对区块链的了解可能不深入。可没想到，聊了一会儿他就发现冯北对比特币和区块链技术门儿清，果然是创业圈内人士。

小睿毕恭毕敬地给冯北端了一杯茶，冯北点头致谢，然后对春哥说道："春春，国内有家做手机起家、现在生态链做得特别红火的高粱公司，据说也在做区块链。你知道吗？"

春哥点了点头，说："知道呀，不过我想不通，一个硬件厂商为什么要做区块链？"

冯北把茶杯放在茶几上，笑着摇了摇头，说："看来你还不完全了解高粱公司，它不是纯粹的硬件厂商，要我说，它本质上是一家披着硬件外衣的数据公司，说白了是玩大数据的。"

宁佳之前一直在埋头记录，听冯北这么一说，忍不住抬起头望向冯北，小心翼翼地举手，说道："我能问一个问题吗？"

冯北看见宁佳小心翼翼的样子，笑着说道："大家都是自己人，不用这么拘束，有什么问题只管问。"

"冯总，你为什么说高粱公司是大数据公司，据我所知，这家公司去年手机的出货量超过 7 000 万！"宁佳开口问道。

"你说的没错，高粱的手机的确卖得很好，国内出货量排名前五，但是它卖手机的利润率只有 5%，"冯北补充说，"我说的是毛利率，如果计算净利率，我估计不会超过 1%。所以，通过大数据广告变现才是高粱公司最主要的赚钱手段。"

宁佳飞速地在笔记本上记录着冯北说出的数据，一边记录一边不住地点头。

“这么说来，高粱公司远不止看上去那么简单！之前，我看它们不仅做手机，还做音箱、扫地机器人、电视机、智能空调……寻思着它们会重点发展智能硬件，没想到它跟大数据和区块链也扯上了关系。”春哥若有所思地说道。

“手机、智能硬件未来都是收集大数据的触点，高粱公司做大数据并不奇怪。它们现在开始做区块链，想来跟大数据有关。我听说它们最近跟某部门提出，要参与制定区块链标准，只是还没有像样的区块链应用。”冯北分析道。

春哥点了点头，让番仔给冯北的杯子续了点水，继续说道：“区块链如何落地确实是个问题。总感觉区块链可以在很多场景解决很多问题，但是仔细想想，又好像都不合适。高粱公司现在不算是初创公司，研发力量也不弱，连这样的公司也没有在区块链搞出什么大动静，说明区块链落地的确不是一件容易的事，这也是我现在思考的问题。”

随着春链平台一天天成型，春哥现在考虑的问题已经转向春链的具体应用，但是到目前为止，春哥还没想到一个非常合适的应用，让他没想到的是大名鼎鼎的高粱公司也遇到了同样的问题。

春哥喝了一口茶，继续说道：“我个人认为，目前区块链的落地应该聚焦在某些细分行业，这就需要既懂区块链技术，又深刻理解行业领域，同时还能在两者之间找到切合点，满足这三点确实不容易。而且区块链从纯技术角度来看，原理简单，但是从系统角度来看，却给人一种扑朔迷离的感觉，让人一下子抓不到核心点，这也导致了区块链不容易找到应用场景。”

这时，宁佳又举手要求发言，春哥和冯北都忍不住笑了，冯北说道：“发言之前举手大概是你们记者的习惯吧！”

宁佳不好意思地笑了笑，说道：“通常在新闻发布会上，只有举手才有提问的权利。刚才你们说到，找到区块链落地的应用是一件不容易的事，但为什么现在有一堆应用号称都是基于区块链的？”

“还不是为了蹭热度，包装成区块链的应用更容易拿投资！冯北最清楚了！”春哥此刻表情变得严肃起来，说道，“我看过国内上百个所谓的区块链应用项目，最后得到的结论是：这些项目有 80% 以上是为了区块链而区块链，因为有了区块链的包装，原本稀松平常的项目便会被投资人追捧，原本估值一两千万的项目就可以估到五千万甚至一个亿。但是如果任由这种功利的做法泛滥下去，最后的结果将是区块链烂大街，这个技术将被时代所淘汰！”

宁佳埋头苦记，把春哥的话一字不漏地记录下来。

冯北笑着点了点头，说：“咱们的春春还是一如既往的实诚和爱操心。还是说回到高粱公司，他们召集了一帮产品经理和研发人员，封闭了一周进行头脑风暴，设想区块链的应用场景，结果有一个搞大数据研发的技术主管提了一个想法，说区块链每次生成一个区块都要耗费大量的算力去凑哈希值，这部分算力实际上是被浪费了。他们觉得可以改进区块链的共识机制，把每次产生共识用的计算题改成大数据挖掘的计算题。这样，这部分算力就不会被浪费掉了。”

春哥忍不住拍了拍手，笑着说道：“冯北，这个技术主管倒是有点脑洞大开！”

冯北看着春哥，露出蔫坏的笑容说道：“你又要揶揄人家！”

春哥指了指冯北，说道：“我还不了解你！你刚才树一靶子，不就等着我去炮轰吗？”

“春春，你太狭隘了！”冯北马上换了一副正经八百的表情说道，“对这块具体的技术细节我不是很清楚，不过乍一听，这个技术主管的设想还是挺有道理的！”

旁边的小睿和番仔也不住地点头附和冯北的意见，只有宁佳听得有点蒙圈，不过聪明的她赶紧把两人的对话都记下来，回头再慢慢问春哥也不迟。

“用‘挖矿’的算力进行数据挖掘，这个想法看上去美好，但实际上没有什么可行性。目前，用选凑哈希值作区块链的工作量证明，是因为这个计算费时间并且容易验证。如果用大数据挖掘来替换选凑哈希值会有两个问题，一是链上其他节点怎么验证它的数据挖掘结果是否正确；二是怎么保证那些需要被挖掘的海量数据能被每个‘矿机’访问到？”春哥言之凿凿地说道，气场十足。

春哥说完，其余几个人都点头表示赞同。经春哥这一分析，用“挖矿”的算力来进行数据挖掘的确是行不通的。宁佳虽然听得不是非常明白，但见众人都没有对春哥的说法提出反对意见，不由自主地对春哥投去一丝崇拜的目光。

见众人都不说话了，春哥不好意思地挠了挠头，笑着说道：“不好意思，忍不住又变成‘技术愤青’了！”

冯北笑了笑，说道：“其实脑洞大开也不是什么坏事，我们也应该鼓励创新嘛！当然，如果真的能用区块链的算力来做数据挖掘，在资本市场上一定是个非常棒的故事！”

听冯北这么一说，小睿微微皱了皱眉头，拍了拍春哥，说道：“春哥，当年的‘技术愤青’才是我们喜欢的春哥！”

小睿说完这话，不禁又看了冯北一眼。当年的“计算机系二冯”都是闻名全校的编程天才，也是小睿崇拜的偶像。没想到过了十几年，冯北变得像一个商人，几乎看不到当年的影子了，但春哥却没有什么变化，正如他自己说的那样，还是“技术愤青”。

小睿那看似不经意的一瞥，让冯北也看出了其中的意味。这几年为了迎合投资的喜好，他们在技术产品上做了很多妥协。最初创业的时候，他是很抵触这种做法的，但是随着公司的估值越来越高，投资人给的钱越来越多，他对这种妥协已经习以为常了，甚至有时候还主动地采用或者设计一些投资人喜欢的技术或者产品，只为公司能获得更高的估值，拿到更多的投资。冯北很容易给自己找到诸如“识时务者为俊杰”这类借口，但在春哥的坚持面前，这些借口掩饰不了自己内心的功利。

冯北点了点头，意味深长地说道：“我也要为始终如一的‘技术愤青’点赞！坚持是一件非常不易的事！”

宁佳并不太清楚这几人刚才的内心活动，她现在只希望从众人口中获得更多干货，为自媒体的下一篇文章做准备，于是继续问道：“照你们这么说，真正能拿来做创业项目的区块链应用还真是不太好找。要么涉及面太广，推行很困难；要么就是有各种限制，但是你们既然开发了春链平台，就一定想过有什么应用能在春链上落地吧！”

春哥点了点头，说：“这段时间我一直在思考这个问题，但是还没什么结论。区块链本质上解决的是去中心化、无信任环境下的交易的信任问题，所以理论上跟交易相关的都可以通过区块链解决。不过，区块链技术原理上的问题导致它在一些场景下不一定完全实用。”

“我个人认为金融领域有最适合的应用场景。你记不记得咱学校经管系的那个系花陶琳，她现在在华中地区的一家大型民营企业万科达任财务总监。这家企业在当地很有声望，经济实力雄厚。前不久我在南京碰见她，她说到了万科达做的一个区块链项目，有点儿意思，你可以参考一下。”冯北饶有兴趣地说起这件事。

“万科达最近发行了一种‘电子债券’，这些债券仅在本公司、该公司下属企业以及与这家公司有紧密经济往来的企业员工中发行和流通。公司员工可以向公司购买这种电子债券，债券到期之后，公司会按比例支付利息将债券赎回。这些债券还可以在有购买权的人或者法人之间流通。而承载这些电子债券交易的，是万科达自建的区块链系统。”冯北介绍道。

春哥饶有兴趣地听着，然后问道：“具体有哪些人在万科达的债券区块链系统上呢？”

冯北摇了摇头，回答道：“你也知道，陶琳是学经管的，她搞不清楚这种技术问题。不过根据她的描述，我猜这个区块链是万科达的私链，在实施层面上，万科达以及下属公司应该都在参与这个区块链的记账，除此之外也鼓励员工参与。”

春哥不住地点头，说道：“这个事有点儿意思！”

“的确如此，万科达与这些企业之间的资金往来可以用这个电子债券来结算，甚至有个企业还用这个电子债券给员工发工资。”冯北笑着说道。

“哦，还有这么神奇的事？”宁佳停下了笔，惊讶地看着冯北问道，“员工为什么会愿意接受电子债券作为工资呢？毕竟这个债券在万科达的体系之外是不能交易的。”

冯北摊开手掌指向春哥，笑着说道：“这个问题你要问春哥。”

宁佳又望向春哥，等待他的进一步解释。

春哥笑着摇了摇头，说：“我又没用过万科达的区块链，我怎么知道。不过我猜想万科达这些电子债券的利率一定比银行的定期利率要高。”

冯北点了点头，说：“的确如此，年化利率在六个点以上。”

“这个就不难解释了。现在银行的一年定期利率才三个点左右，员工如果不急着用钱，那么持有这些债券的收益比存银行要高不少。”春哥说道。

“但是这些债券都是有期限的，到期才能赎回，持有电子债券的流动性就差了很多。”宁佳继续说道。

“这就是他们的高明之处，用区块链来承载电子债券可以很好地解决流动性问题，因为在区块链上可以随时进行交易，”春哥回答道，“当然，前提是万科达公司的信用一直没有问题！”

宁佳咬了咬笔杆，微微点了点头，心想，春哥这个说法的确没有问题。

冯北喝了口茶，又说道：“万一万科达拼命地发债券，到了资不抵债的程度，就会对社会产生巨大危害。”

这一番关于万科达电子债券的讨论，让每个人都受到了不少的启发，既看到了区块链应用的未来前景，也注意到了其中存在的不少问题，因此大家的讨论也越来越热烈。

“对了，我前几天还听说过一个关于区块链的很好玩的例子，正好今天跟各位分享一下。”冯北接着又开始讲述另一个关于区块链的案例。

宁佳一听还有新的干货，赶紧又在笔记本上另起一页，开始做起笔记来。

春哥笑了笑，说道：“你这家伙就是段子多，当年也不知道是谁给你取了那个‘百晓生’的绰号，现在看来还真的不错！”

冯北得意地点了点头，说：“现在这个时代，拼的就是信息和资源，正好能发挥我的优势。你知道我们南京人最喜欢大闸蟹了，最好的大闸蟹出在阳澄湖，所以后来就出了很多‘洗澡’的大闸蟹……”

“冯总，稍等稍等，什么是‘洗澡’的大闸蟹呀？”宁佳一边记一边见缝插针地问问题。

“‘洗澡’的大闸蟹就是，把其他地方的大闸蟹运到阳澄湖，在湖里面洗个澡，这些大闸蟹的身价就会涨一到两倍。”冯北笑着说道。

宁佳睁大眼睛看着冯北，然后忍不住“噗”一声笑出来，说：“你们这个比喻倒是非常形象，这些人真是胡闹呀！”

“嗯！每年市场上有那么多大闸蟹都说是阳澄湖的，你想，阳澄湖就这么大，哪能养殖出这么多大闸蟹呀！所以这个团队就想用区块链的方式保证大闸蟹是正宗阳澄湖的。阳澄湖大闸蟹一年的产量大概是 2 000 吨，平均每只 150 克，2 000 吨就差不多有 1 200 万只，用区块链来溯源，费用是每只 1 元钱，那么一年的收入就是1 200万！当然，江苏除了阳澄湖，还有其他的产蟹区，这个生意看上去还不错！”

“我觉得这个主意不错！通过区块链来溯源原本就是一个重要应用，这个项目我们可以试试！”番仔意气风发地说道。

春哥笑了笑，说：“你说的这类食品溯源的区块链项目其实我看过不少，虽然我是第一次听说‘大闸蟹区块链’，但什么‘红酒区块链’‘咖啡豆区块链’，我倒是听说过不少。对于这类项目，我的观点套用老话来说就是‘看起来很美’！”

“呵呵，你说说看，为什么是看起来很美？”冯北问道。

春哥喝了一口水，清了清嗓子，说道：“不管是红酒还是大闸蟹，想用区块链溯源，无非就是想让全部生产和运输过程都被区块链记录，这样，那些‘洗澡蟹’的生存空间就不存在了，红酒以次充好的现象也可以杜绝了，对吧！不过他们忽视了一点。举个例子，比如我是运输商，你是零售商，我交付给你一百箱阳澄湖大闸蟹，区块链会记录我从一个权威一级批发商那里拿到了两百箱正宗阳澄湖大闸蟹，其中一百箱给了你，你也接收到了这一百箱，于是你就有了这一百箱正宗大闸蟹可以在市面上销售。但是谁能保证你卖的大闸蟹就是我给你的那一百箱呢？”

听春哥这么一说，冯北若有所思地点了点头，说：“嗯，说的有道理！对于这类实体标的，生态系统不太可能整个搬到区块链上，所以用区块链来跟踪高端消费品的生命周期看起来不是很现实。”

春哥用手指在桌面上轻轻敲了敲，说：“没错，只要整个生态系统上有一个环节没有被同一个区块链跟踪，这个环节线上线下对接的部分就有可能作假。比如中间批发商从别处进劣质货品，以次充好，换了这一百箱大闸蟹，再往下发货，这一百箱劣质大闸蟹就借着区块链洗白了，这不是我们希望看到的。要杜绝这种情况，只有将中间批发商的所有进货和出货渠道的每笔交易都用区块链记录。现在看起来，这个想法不太可能实现吧。中间批发商二大爷的表弟家外甥女儿的三嫂子说不定养了一大池子螃蟹呢，对不对？”

冯北也被春哥最后一句话逗乐了：“呵呵，这倒是！不管是红酒还是大闸蟹，酒庄、农户这些原产地还好一些，他们的诉求相对简单，但除此之外，中间各个环节涉及的利益相关者太多。区块链跟踪基本上把不少行业通过作假赚钱的水分都抽干了，因此实现的难度非常大。”

“不仅如此，就算中间环节都被区块链跟踪，那最后的消费环节呢？也就是零售商的输出环节，这个环节如果没有被区块链跟踪，那么零售商也有可能作假掉包。”

“其实没法说什么标的适合上区块链，什么标的不适合，还得看具体问题。比如刚说的红酒或者大闸蟹，问题出在全生态系统往区块链搬迁的必要性和可行性上，如果供应链或者交易链的某个局部能够形成闭环，同时又具备搬上区块链的可行性，那就是好的项目了。”春哥一口气把他之前关于食品溯源区块链问题的思考一五一十都说了出来。

众人都不住地点头，宁佳看了一下做的满满五页纸的笔记，真是干货满满、收获颇丰。

春哥接着说："既然冯北分享了这么多有趣的案例，我也聊聊前段时间在快递行业落地区块链的应用。据说有个杭州创业团队靠快递区块链项目拿到了1 000万的风投！"

小睿点了点头，说："我也听说了，从商业和技术角度上来谈，我认为用区块链记录快递，是没有必要的。一方是托运方，另一方是承运方，无论承运方用什么技术记录快件的位置，对于托运方来说都是一样的。至于承运方，即使是为了应对丢件时扯皮的问题，也用不着区块链这么'重'的技术去解决，普通的数据库技术加上企业内部合理的监督和管控，就完全可以解决问题。理智的快递企业没有必要蹭这个热度。他们完全可以在'最后一公里'的问题上继续发力，然后通过数据赚钱，毕竟丢件率已经不是快递行业的发展瓶颈了！"

春哥冲着小睿点了点头，说道："你看问题越来越深入了。我的看法跟你一样。有物资流转需要跟踪的场景并不都是区块链的使用场景，而且传统区块链技术平均一小时才能真正确认一笔交易。受区块大小的限制，一个区块能容纳的交易数量也有限，所以总的来说性能相当低下。即使采用别的共识机制，区块链的单位时间处理量也应付不了国内快递量吧？'双十一'的时候，国内一天的快递量得上亿件吧？用杯水车薪打比方都是客气的。区块链用于快递的追踪，真的是太笨重了。如果是希望通过技术手段解决快递公司内部的快递遗失问题，那么应该通过一个轻量化的技术去解决，而不是像区块链那样的技术。"

"你们二位的观点都对，但是我还有不同的看法。区块链技术帮我们打开了一扇门。现在大家构想了区块链可应用的各种各样的场景，其中固然有投资导致的浮夸需求，但也未必都是坏事。"冯北亮出自己不同的观点。

春哥有些惊讶，说："哦，愿闻其详！"

冯北笑着拱了拱手，说："我只是一家之言，如果说得不对，大家不要喷我。我认为至少大家在做各种各样的尝试，有些是理论上的，有些已经到了实践的阶段；大部分都失败了，也有少数成功的。但是我们都不要忘记，这些尝试的过程也是业界对这个技术的理解慢慢加深的过程。现在这个阶段，技术发展正在寻找问题并尝试去解决。这个阶段，找到合适的场景是关键。我感觉未来几年，随着大家对这个技术的理解不断深入，会有更多的场景摆到桌面上讨论。更多的场景会带来更多的实际问题，而真正的问题会催生出技术的精华，到那时，区块链技术才会真正蓬勃发展。在学术界，人们会看到对区块链技术的发展和变体有非常多的讨论，而在商业领域，人们能看到区块链技术解决了一个又一个实际问题，那时才是区块链真正的春天。区块链的技术和实际应用水乳交融，相辅相成的时刻才能真正到来。冯春，你看着，或许等不了五年，区块链要么就销声匿迹，被更好的技术取代；要么就迎来它的黄金时代，一个区块链创业的红利期。"

听冯北这么一说，春哥也意识到了自己的局限，于是点了点头，说道："冯北，你这番话可真是说出了 CTO 的水平。我真的受教了！"

"哈哈，能得到春春的夸奖不容易呀！"冯北笑着说道。想当年，二人并称为"计算机系双冯"暗示两人不分伯仲，但是明里暗里冯北还是跟春哥较劲，想分个高下，而那时的春哥年少轻狂，对自己的同学鲜有赞美之词，即便对冯北也不例外。如今的春哥已经没有当年的轻狂，更多的是成熟和随和，待人处事的分寸比当年不知道高出多少倍，甚至把如今的冯北也甩开了几条街。

春哥没有留意到，片刻之间冯北竟然有了如此多的感叹，接着说道："我认为未来十年将会是区块链的黄金时代，在某些垂直细分行业，任何两个人或者两个组织之间的交易都会被记入区块链，区块链上的所有交易将会构成闭环。那些行业内原先具有公信力的权威中心机构会慢慢消失并退出历史舞台，整个行业的成本也会变低。”

冯北点了点头，这是冯春理想中区块链的形态，或许这在未来十年并不能实现，但冯北相信，以冯春的偏执和坚持，他一定会朝着这个方向一直走下去，在穿越过崎岖坎坷的小径之后，看到希望的曙光。

冯北拿起手中的茶杯，对春哥表示敬意，说道：“祝你成功！”

春哥也举起茶杯，轻轻地跟冯北碰了碰，说：“承你吉言！不过现在只是迈出了第一步，离成功还有很长的征途！”

宁佳放下手中的笔，也拿起茶杯跟春哥碰了碰，真诚地说道：“不积跬步，无以至千里！”

春哥点了点头，然后又拿着茶杯，对小睿和番仔说道：“跟着我创业，辛苦你们了！我真的很感谢你们俩！”

春哥的话说得情真意切，小睿的眼眶不由得有点湿润，顿了顿才笑着说道：“信春哥有肉吃，我相信，跟着春哥一定能成功！”

番仔也赶紧端起茶杯，表态说道：“承蒙春哥看得起，能加入春链创业团队是我的荣幸！”

“好了好了，不用当着我们这些外人互相恭维了，你们有空私聊！”冯北笑着喝了一口茶，然后转向春哥说道，“今天我来找你，除了来你们公司看看、跟你叙叙旧之外，我还有件重要的事想跟你谈谈。”

第五章

投资人老靳

冯北向春哥引荐了国内知名投资人——喜马拉雅基金的合伙人老靳；老靳从投资人的角度，分享了自己评估初创公司的“事”“市”“势”“世”理论，让春哥和冯北受益匪浅……

冯北告诉春哥，另外那件重要的事是要带他去见一个人，他已经约好了那人中午在苏家私房菜吃饭。

苏家私房菜在苏州桥附近一条小胡同的三进四合院里。四合院占地600平方米左右，是典型的明清时期四合院，前后院的东西厢房以及正房都被改造成了独立的包间。

冯北带着春哥穿过后院，径直走进了正房。正房足足有七八十平方米，从外面看朴实无华，里面却低调奢华：正房两边两排古色古香的架子上摆放着各种古董瓷器和奇山怪石，正中间墙上还挂着一幅山水画，春哥虽然看不出画卷的作者是谁，但是从画幅上密密麻麻的题跋以及收藏章来看，应该是名家的作品。

不过对于春哥来说，这些古董、奇石、书画并不是他关注的重点，他只想知道今天中午要见的那人究竟是谁。

“少安毋躁，少安毋躁！”冯北拍了拍春哥的肩膀，示意他先坐下，说道：“待会儿你就知道了。”

冯北招呼一位着古装的女服务员上一壶碧螺春，没想到茶还没上来，一位穿着青衫布鞋的中年男子就走了进来。

冯北起身把青衫男子请到主座，青衫男子也不客气，大大咧咧地在主座的太师椅上坐下。

“老靳，这位就是我之前跟你提过的大学同学冯春。”冯北向靳总介绍道。

接着冯北又向春哥介绍说：“春春，这位是喜马拉雅基金的合伙人靳总，我们都叫他老靳。”

喜马拉雅基金是这几年国内非常活跃的创业投资基金，他们之前投资了大众口碑、小灰车、拼得多…… 这些项目都取得了很好的收益。而眼前这位其貌不扬的中年人靳总竟然是喜马拉雅基金的创始人。

春哥虽然远在美国，但是对国内风投界大名鼎鼎的靳总也有所耳闻，只是没想到冯北竟然可以请他出来吃饭。

正在春哥发愣的时候，老靳已经伸出手主动跟他握了握，哈哈笑了两声，大声说道：“冯总，幸会幸会！”

见靳总如此客气，春哥也恭维道：“靳总，久仰大名！”

靳总听罢，哈哈大笑了几声，说道：“不要叫我靳总，叫我老靳就是了，我虚长你几岁，就叫你一声小冯吧！你最近经常听到的大概是我的骂名吧？我上个月把手上 B 创业公司的股份全部卖给了A 公司，网上很多人都骂我不厚道，说我把 A 公司骗上船，自己却上岸了。哈哈哈，这帮人简直就是糊涂，要知道A 公司那帮投资经理比猴还精，他们公司投决会那帮人也不是吃素的，怎么可能掉进我挖的坑里呢……”

靳总笑得肆无忌惮，把网上那帮骂他的人痛痛快快骂了一顿：“这帮人就是典型的吃不到葡萄说葡萄酸、羡慕嫉妒恨、红眼病……”

冯北赶紧给靳总倒了一杯茶，笑着说道：“靳总喝茶，喝茶！”

靳总又絮絮叨叨地骂了几句，才意犹未尽地停了下来，对春哥说道：“冯总，不好意思，这几天想起这事我就烦，不过烦归烦，B 创业公司这个项目倒是让我赚了不少！”

春哥没有接话，心想，你赚多少跟我有什么关系，但嘴上还是敷衍了地说了一句："能赚钱就是好事。"

冯北招呼服务员过来，很熟练地点了几个菜，然后对靳总说道："靳总，冯春刚从美国回来没几个月，他在北京创办了一家区块链公司。"

听到"区块链"三个字，靳总立刻来兴趣了，把手中的筷子放了下来，看着春哥问道："具体是什么项目？是区块链还是比特币？"

"我们做的是一个区块链平台，是一个可以在上面做金融交易、智能合约之类的区块链应用。"春哥言简意赅地说道。春哥听说国内很多投资人并不太懂技术，他们顶多只是知道一个概念，或者只是听说过这个名词，所以并不愿意对靳总说太多。

靳总沉吟了一会儿，说："这么说来，你算是链圈，不是币圈的了？"

春哥心里面暗自发笑，没想到国内的区块链和比特币已经到了要画小圈子的地步了，于是饶有兴趣地问道："请问靳总，链圈跟币圈是按照什么标准划分的？靳总您又属于哪个圈呢？"

老靳笑了笑，用肥厚的手掌摸了摸自己的秃顶，大声说道："搞区块链的就是链圈，搞数字币的就是币圈，我呢，是跨界，横跨了两个圈，哈哈！"

说话间，服务员陆续上菜，三个人五个菜不算奢侈，但每个菜都做得很精致，让吃了几个月快餐盒饭的春哥垂涎三尺。

冯北做了个手势，说："来来来，大家边吃边聊，边吃边聊！"

老靳夹了一块孜然羊肉放进嘴里嚼了嚼，然后拿着半截骨头对春哥说道："小冯，你们公司最近是不是在融资？"

春哥想了想，然后回答道："暂时还没有，不过，过几个月可能会开始融一轮吧！”

老靳笑了笑，看了看冯北，说道：“俗话说，宴无好宴，酒无好酒。冯北呀冯北，你今天这顿饭又是此地无银三百两！”

冯北只是笑了笑，说道：“老靳，我知道你最近在看区块链的项目，冯春是我同班同学，对于他的项目，我肯定要先给你过目，所谓‘肥水不流外人田’。”

冯北这么一说，春哥才明白他今天的用意：要为自己介绍投资人。喜马拉雅基金是国内排名前五的风投基金，如果能得到老靳的投资，那春哥可以解决即将出现的现金流的问题。更重要的是，喜马拉雅的站台可以让春链迅速得到资本圈的关注，让后续融资变得更容易。

春哥看了冯北一眼，微微点了点头，对冯北的大力帮助表示感谢。

冯北对春哥的谢意视而不见，然后对老靳说道：“老靳，这么说吧，在上大学那会儿，我觉得自己编程水平了得，整个计算机系我谁都不服，除了冯春！”

“小冯的项目你看过吗？觉得如何？”老靳接着问冯北。

“老靳，你知道我既不是链圈也不是币圈，所以对区块链不太懂。不过，冯春绝对是个靠谱的人，你不是常说投项目就是投人吗？”冯北笑嘻嘻地对老靳说道。

“好吧，吃了这顿饭，估计我又得大放血了！”老靳笑着吃了一口菜，又转过头看着春哥，说道，“小冯，我投你们公司 1 000 万，占股 20% 如何？”

老靳果然是爽快，就凭冯北几句话，甚至没听春哥介绍他们公司，就决定投资 1 000 万。1 000 万的投资款占股 20%，意味着春哥的公司已经可以估值到 5 000 万。对于一个只成立两三个月的初创公司而言，这算是个不低的估值了。

要是换作别人，此刻肯定忙不迭地给老靳敬酒，不断地表达感激之情，但春哥不是别人，他没有任何欣喜的表情，只是很平静地对老靳说道：“靳总，感谢你的好意，只不过现在我还没想过融资的事。”

春哥的回答显然让老靳感到意外，他见过太多创业者拿到投资之后对他感激涕零，像春哥这样直接拒绝他的情况倒是非常罕见。

老靳有些惊愕地看着春哥，然后又笑了笑，毫不在意地说道：“你是嫌估值太低吗？看在冯北的份上，10%也行！”

几句话之间，老靳就把春哥公司的估值从5 000万提升到了1亿。老靳常说，投资人最重要的特质之一就是要始终保持理性，但他现在不理性的表现让冯北觉得很反常。

春哥笑了笑，摆了摆手对老靳说道：“靳总，你误会了，我不是觉得估值低。即便你现在给我5 000万的估值，我都觉得是占了你的便宜。只是我现在还没有做好融资的准备。我打算要多少钱？出让多少股份？这些钱能支撑我做到什么程度？我统统都没有想清楚，这么贸然地拿你的投资，既是对你的不负责，也是对我公司的不负责。”

春哥的表态让老靳有些吃惊。现在多少创业团队哭着喊着要老靳投资他们，甚至有的人还用了一些非常规的手段，例如暗示可以私下送一些股份给老靳，或者答应将一些回购条款做成明股实债……目的只有一个，就是让喜马拉雅基金成为他们的股东。

喜马拉雅基金现在已经成了国内创业投资领域的一块金字招牌，因为他成功退出的案例很多，每个基金的回报率都很高，所以一旦某个项目被喜玛拉雅基金投资，就会有很多其他基金蜂拥而上地跟投。所以从创业者的角度来说，一旦喜马拉雅基金投资了自己的项目，就是变相给自己的项目做了很好的宣传，就不用担心公司后面几轮融资了。

老靳沉吟了一会儿，然后笑了笑，对春哥说道：“小冯，你是少有的直接拒绝我投资的创业者，不错，很有胆色！”

春哥赶紧举起茶杯，敬了敬老靳，说道：“靳总，我可不敢拒绝你，你要是投资我们，我肯定求之不得。只是我现在连份 BP（商业计划书）都没有，你总得给我一点时间准备一份像样的 BP 给你吧！”

冯北也赶紧打圆场，说道：“老靳，你也太心急了，这个项目跑不了，肯定是你的！就以我跟冯春的关系，项目的估值肯定会很合理。”

老靳眼睛转了转，接着对春哥说道：“我现在给你的条件是 1 000 万占 10% 的股份，你要过一段时间来找我，可能就只有 100 万了！”

春哥一听，心想：老靳果然是老江湖，利诱不行就改威逼了，我要是现在认怂了岂不是要一直被他看扁。

春哥笑了笑，对老靳说道：“靳总，你是资深投资人，我们这个项目估值多少合理，你心里面一定有数，我相信你不会以大欺小，我以茶代酒敬你一杯！”

春哥和老靳的这一来一回，冯北都看在眼里，冯北这才明白，老靳今天反常的表现不是不理性，而是在考验春哥，而春哥今天的表现也堪称上乘。

老靳喝了一口茶，哈哈大笑了几声，说道：“刚才逗你玩呢，我们投项目都要通过尽调（尽职调查），然后还要经过投决会评审的，我一个人说了不算。呵呵！对了，冯北也是我们投决会的成员，他到时候也要投票……”

春哥笑了笑，也举起茶杯对冯北说道：“冯北，我先感谢一下！”

冯北赶紧举起茶杯，笑着说道：“春春，虽然我们同窗七年，但是在投票的时候我一定不会徇私的！”

春哥点了点头，说道：“我对春链项目还是非常有信心的！”

老靳夹了一筷子菜，一边吃一边说道："我见过很多创业团队，口气那叫一个大，说他们全国第一，他们都觉得委屈了，把自己的项目吹得像是天上有地下无，这种团队，我聊过一次就再也不想跟他们见面了！"

春哥知道老靳这话是若有所指，却也丝毫不计较，笑着问道："靳总不投资那种浮夸的创业团队是很明智的。趁今天这个机会，我正好向靳总请教一下，什么样的创业团队才更容易受投资人的青睐呢？"

冯北一听，暗自赞叹春哥随机应变的能力很强。老靳最大的爱好就是说教别人，所以最喜欢向他请教的人，春哥这个问题正中老靳的下怀。

老靳拍了拍脑门，笑着对春哥说道："你这是要作弊吗？"

春哥立刻笑着说道："不是作弊，是真心向靳总请教！"

老靳又夹了一筷子菜，在嘴里嚼了嚼，才放下筷子，对春哥说道："我认为一个优秀的创业团队要做到四个字……"

"哦，哪四个字？"春哥赶紧问道。

"事、市、势、世！"老靳言简意赅地说道，得意的心情溢于言表。显然这四字理论是他总结出来的。

春哥有点纳闷地看着老靳，他显然没吃透这四个字，于是谦虚地问道："靳总，愿闻其详。"

"小冯，见你如此谦虚好学，我今天就给你掰扯掰扯！"老靳摇头晃脑地说道。

"老靳，你也太藏私了，从来没向我透露过总结出来的理论！"冯北在一旁笑着说道，"今天我也沾光学习学习！"

"哈哈，"老靳的笑声越来越爽朗，表情越来越得意，"第一个'事'是事情，就是说创业团队要把事情做好。这个‘事’可能是一件产品、一个 App 或者一个服务。创业团队需要具备工匠精神，专心打磨自己的产品，这是创业的第一步，如果这一步都做不好，那后面就更不用提了。”

听了老靳这一番话，春哥和冯北都不由自主地点了点头，觉得老靳说得非常在理。

“靳总，照你的说法，我现在就应该集中精力建设区块链平台，把区块链这个‘事’做好，受教了！”春哥心悦诚服地说道。

老靳点了点头，道：“把‘事’做好还有一个意思，就是集中精力做一件事。初创团队在人力、物力、财力都比不上成熟运营的公司，最忌讳就是多元化。很多初创团队连‘一’都没做好，就想做‘二’‘三’甚至‘十’，最后的结果可想而知！”

冯北接着说道：“我们创业之初就犯了这种错误。当时公司很缺钱，于是只要是赚钱的业务都会去做，最忙碌的时候做了十几个产品，结果大部分产品做得不好，都没赚到钱……”

“是呀，后来还是我硬逼着高晓磊把你们公司大部分产品线砍掉，他当时还不服气，跟我争论了一晚上。现在想想，幸亏当时我非常坚持，要不然你们现在估计已经被清算了！”老靳有些得意地提起这段往事。

“老靳，就是从那次开始，高晓磊对你言听计从，所以有时候我给他提意见都要经你来转达。”冯北笑着说道。

“别提了，照理说投资人是不应该干涉被投公司的日常运营的，但是那个高晓磊，就像厕所里的石头，又臭又硬，只听得进我的意见，所以我当然要多操心一点，”老靳笑着对冯北说道，“俗话说，只有偏执狂才能成功，我还是很欣赏他那股偏执劲的。你呢，就是太容易妥协了。”

“老靳，你误会我了！有句话怎么说来着，‘今天大踏步地撤退，是为了明天大踏步地前进’。”冯北随机应变道。

老靳笑了笑，继续说道：“我以后再跟你慢慢聊这个问题。总之在做‘事’这个问题上，我特别喜欢投在垂直行业或者领域扎得特别深的团队，这种团队聚焦在某个特定领域，持之以恒地打磨产品，往往会成为这个领域的隐形冠军！日本有很多这样的隐形冠军，比如太平洋精工，这家公司只做一类产品，那就是汽车保险丝，它们的刀片保险丝在全世界汽车保险丝市场占有率第一。再如哈德洛克，他们的产品也很简单，就是永不松动的螺丝。这种螺丝制作工艺非常复杂，要求螺丝和螺母丝丝入扣，二者的尺寸要非常精密，这样才能做到永不松动。全球的高铁铁轨大多在用哈德洛克的螺丝，但是在全球高铁行业鼎鼎大名的这家公司，只有45个员工。”

听老靳说完第一个“事”，春哥意识到之前对老靳的判断可能有些不准确，至少老靳并不像表面看上去那样，是一位有些“油腻”的中年人。

“老靳，你再说说第二‘市’。”冯北虚心请教道。

“第二个‘市’是市场的‘市’，意思是创业团队要做好产品的市场化运作，说得直白一点，就是要把做好的产品卖出去，做的产品要符合市场的需求。”老靳解释道。

春哥点了点头，说：“靳总的意思是要做好商业变现。”

“说得很对，要做好第二个‘市’也不容易。很多创业团队有很先进的技术，甚至有些是黑科技，但好的技术不代表一定会有好的商品。有些技术很好，但如果太超前了，就无法满足当前的市场需求。比如之前有一家做人工智能视觉识别的公司，真人脸识别算法的准确率已经达到99.99%了，但依然在继续优化识别的准确度，希望能达到 99.999%。我提醒他们这个精确度已经足够，要赶紧做商业变现。于是，他们开发了一款针对小商户的客户识别摄像头。一个摄像头成本要一万多，因为它们的人工智能算法要集成到摄像头的智能芯片上，而这种智能芯片的价格很贵。我说，小商户根本买不起这个摄像头，你们能不能开发一个便宜一点的。创业团队说不行，因为他们的算法很复杂，便宜的芯片无法支持。这就是一个典型的不懂市场的例子，普通街边小店根本就用不着 99.99% 的识别精准度，甚至都不用 95% 的，90% 的就足够了。如果你按照 90% 的识别准确度开发产品，把智能摄像头的价格降到 3 000 块，这些街边小店是能够接受的，但如果是价格一万多的摄像头，就肯定没人买。”老靳说道。

冯北点了点头，说：“说到人工智能，我也有类似的印象。现在大部分人工智能公司都在比拼识别准确度，却很少有公司去认真思考，我这个技术做成什么产品更接地气，更能符合商用的需求。”

老靳点了点头，说道：“这种团队走到了另一个极端，一直在做第一个‘事’，试图把第一个‘事’做到极致，但是要知道这条路是没有止境的，如果不考虑第二个‘市’，那你的公司将来要怎么赚钱？要知道，开公司是为了赚钱，投资人投资你的公司也是为了赚钱，你如果把公司当作科研机构，而不考虑市场，那最终肯定会被市场和投资人抛弃。”

冯北点了点头，说道：“老靳，我想起一件事，上个月那个在投决会上被你否了的项目，问题也是出在这儿吧？”

老靳笑着点了点头，说：“其实我一直不看好刚毕业就创业的大学生团队，因为他们没有在社会上历练过，他们缺经验、人脉、资源，不知道怎么将一件产品变成商品、怎么做市场运营，所以即便他们的技术再厉害，我也不会投。”

说到这儿，老靳又转头看向春哥，说：“小冯，如果连冯北都对你很服气，我相信你的技术肯定是没有问题的，但是你能不能把产品和技术变成商品，我就没底了。”

春哥想了想，认真说道：“我原来的老东家是硅谷的一家区块链公司，公司的主要业务是用区块链技术提供数字资产的存储、跟踪和交易服务，一直服务于北美的各大银行。所以在区块链技术商业化方面，我还是有些经验的。”

“哦，你的老东家还与别的公司合作吗？”老靳若有所思地问道。

“他们还与英特尔合作研发针对数字资产的芯片产品。”春哥不假思索地回答道，因为当时与英特尔合作的项目就是他主导的。

老靳想了想，接着问道：“你们公司是不是叫 BetaPoint，创始人是个以色列裔的美国人？”

春哥点了点头，说：“Ethan 是 BetaPoint 的核心创始人，另外两人是他在麻省理工的同学。”

老靳点了点头，略带一些遗憾地说道：“BetaPoint 是个非常优秀的公司，但是当年我们不太看得懂区块链技术，所以错过了，现在我还觉得后悔，你是哪年加入 BetaPoint 的？主要负责什么？”

当年 BetaPoint 曾经给喜马拉雅的美元基金投过一份 BP，当时 BetaPoint 的估值才 1 000 万美元，但是因为喜马拉雅基金没有懂区块链的投资经理，再加上是第一只美元基金，所以大家都比较谨慎，最后错过了这个项目。后来的三年里，BetaPoint 经历了几次融资，估值从 1 000 万美元一路上涨，在最新一轮融资中，它的估值已经超过了 10 亿美元，估值涨了 100 倍，成为硅谷这几年估值上涨最快的公司之一。

老靳现在还时常后悔，如果当时能够激进一点，那么起码能获得 50 倍的收益，100 万美元就能变成 5 000 万美元了。

春哥没有察觉到老靳丰富的心理活动，平静地说道："我是两年前加入 BetaPoint 的，主要负责银行的项目，完成了北美几家银行基于区块链的数字资产项目。"

这时候，老靳眼里闪过一丝不易察觉的光芒，春哥没有留意到，但是冯北真真切切地看在眼里。以冯北对老靳的了解，他显然是有意外的收获。

老靳点了点头，并没有就这个话题继续聊下去，只是说道："你以前做过区块链的商业化就好！以我这 10 年的投资经验，能做好'事'和'市'的初创公司基本都能赚钱，但是要想持续赚钱，必须做好第三个'势'，趋势的'势'。"

冯北笑着点了点头，说："老靳，你又要说'顺势而为'了吧！"

老靳得意地点了点头，"雷军为什么把自己的基金叫作顺为基金，不就是取顺势而为的意思嘛！这个'势'就是社会发展的趋势，任何一个逆势而为的公司都不可能长期生存。你们都听过柯达的例子吧，这家感光行业的百年霸主，巅峰时期曾占有全球 2/3 的市场份额，市值超 310 亿美元，员工有近 15 万人，但是当数码时代来临的时候，柯达始终无动于衷，不生产数码相机，只过了 15 年就破产了……"

"嗯，原来奥斯卡金像奖颁奖礼一直在柯达剧院举行，但是到 2012 年柯达申请破产保护，同时终止了冠名合同。现在是杜比公司赞助冠名，名字也改为杜比剧院！"春哥补充说道，"2001 年，柯达公司如日中天，耗资 7 400 万美元获得冠名权，哪会想到 11 年后公司会破产。"

老靳叹了一口气，说："如果逆势而为，无论多伟大的公司只会落个粉身碎骨的结果。但即便所有人都知道顺势而为的重要性，却不是每个人都能看清趋势，所以顺势而为的前提是要看清趋势。”

“看清趋势可不是一件容易的事，尤其是在趋势不明朗的情况下，如何选择方向对创业团队是一个巨大的考验，”冯北有感而发，说道，“当年我们公司因为迟迟不能商业化，也在方向的选择上迷茫过，还好我们坚持下来了。”

“呵呵，那还不是因为我追投了5 000万，不然你们的动作早就变形了！”老靳对冯北刚才那句话很不以为然。

“对对对，还是老靳那5 000万让我们看清了方向！呵呵，我敬你一杯！”冯北拿起茶杯对老靳说道。

“是呀，我向来是个雪中送炭的好人。”老靳自夸道。

“但是你那5 000万把我们的估值压低了40%，还差点让我们触犯了反稀释条款，所以高晓磊经常说你趁火打劫。”冯北有些许不满。

“什么是反稀释条款？”春哥好奇地问道。

“如果这一轮的投资估值低于上一轮的投资估值，那对上一轮的投资人来说就是亏钱了，所以上一轮的投资人有权要求公司的创始人进行赔偿，这就是反稀释条款，它其实是为了保护投资人。”冯北解释道。

“哈哈哈，”老靳大笑了几声，对自己趁火打劫的往事似乎也不回避，“商人都是逐利的，投资就是一种交易，首先是你情我愿，其次是各取所需。我当时把投资协议交给高晓磊，从来没逼着他签，我还反复劝他三思而后行。如果我没有记错，你们团队也是讨论了一个星期才决定签的，对吧！”

冯北点了点头，不得不承认，如果不是老靳那5 000万救急，他们公司可能就做不下去了；但是现在回过头去看，那5 000万占了公司20%的股份，的确让老靳得了大便宜。不过此一时彼一时，很多事情根本就说不清楚。

“老靳，你就赶紧说你的最后一个‘世’吧！”冯北笑着说道。

“最后一个‘世’是世界的世，其实是对创业团队更高的要求，希望创业团队有全球视野，说得直白一点是要有更大的格局。”老靳解释道。

春哥点了点头，说：“这的确是个非常高的要求。”

“很多创业团队创始人的格局不够，赚点小钱就很满足。这种团队我即便是投了，顶多只是快进快出赚点小钱。这几年遇到这种项目时，我基本不碰。”老靳夹了一口菜说道。

春哥沉吟了一会儿，才举起手中的茶杯对老靳说道：“靳总，听你一席话，胜读十年书呀！非常感谢，受教了！”

老靳也举着茶杯，说：“我也只是有感而发，以后多多交流！”

冯北看了看老靳，发现这一顿饭吃下来，老靳竟然对春哥客气了不少。

几个人又闲聊了几句，老靳对春哥问道：“小冯，你们公司在什么位置？有空去你们公司看看。”

春哥放下筷子，不紧不慢地说道：“我们公司现在规模很小，只有三个人，所以还没有租办公室，先在海淀区一家咖啡馆凑合着。”

“哦，”老靳听春哥这么一说，沉吟了一会儿，说道：“要不这样，我们公司在海淀区振业大厦租了一个办公室，现在还空着 100 平方米，你们可以搬到我们这儿来办公。”

春哥听老靳这么一说，赶紧摇了摇头，说道：“我们之前看过振业大厦，那里租金太贵了，1 平方米月租要 1 000 多元，我们这种小公司租不起，谢谢靳总了。”

“哎，我又没说收你们钱，反正闲着也是闲着，等你们融到钱再搬走也不迟。再说我们刚募集完一个区块链基金，你是这方面的专家，你搬过来我们也可以经常讨论讨论。”老靳说道。

冯北听老靳这么一说，倒吸了一口凉气，不明白为什么老靳这么抠门的人会主动向创业团队示好，简直是太阳从西边出来了。振业大厦那个办公室，光月租就要十几万，这么轻易地免费给春哥，完全不是老靳的风格。

冯北有所不知，春哥之前所在的 BatePoint 可以称得上是硅谷区块链创业人才的摇篮。有人做过统计，硅谷 1/3 区块链公司的创始人都出自 BetaPoint，就冲着春哥在 BetaPoint 的工作经历，他创办的春链至少可以估值 5 000 万元。而且现在区块链项目正好处在风口上，春链项目要是被资本圈知道，一定有一堆基金冲上来抢着投，到时候要是想投资，如果估值低于 1 亿，那连半点机会都没有。

老靳在投资圈摸爬滚打了十几年，早就练就了一双火眼金睛。有潜力的项目刚冒出头，老靳就能敏锐地捕捉到。从冯北对冯春的介绍，到冯春的背景，老靳早就基本判断出春链项目将来会非常有前途。当年错过了 BetaPoint，老靳这次可不会再犯同样的错误了。

“无功不受禄。如果靳总要讨论项目，就叫我一声，我可以随时过去。”春哥坦诚说道。

春哥肯定想不到老靳已经在心里打了无数遍小算盘了。他只是觉得跟老靳初次见面就受对方这么大的恩惠让他很不习惯，再说在创业咖啡待着也不错，搬来搬去也没什么必要。

老靳现在的想法非常明确，就是在春哥公开融资之前先投一轮，占据一个有利的位置。按照老靳以往的操作手法，先由喜马拉雅基金投资，最好是独投，然后通过媒体宣传或帮忙对接一些重量级的客户，迅速把公司的估值做大。如果估值已经明显出现了泡沫，老靳就会择机退出；如果公司估值还在合理偏低的范围，那就再投资一轮。

作为这个行业的老江湖，老靳不会让对方摸清自己的意图。他越想投春哥的公司，就越会表现出无所谓的样子。老靳意识到自己刚才的反应有点着急了。

春哥看了看表，已经是下午一点半了。他想起今天下午要去税务局办税务证明的相关手续，便向老靳和冯北告辞。

老靳还有很多事要跟冯北商量，于是二人把春哥送到四合院门口，又回到了房间。

“老靳，你怎么看冯春这个项目？”冯北试探性地问道。

老靳喝了一口茶，缓缓吐了一口气，说道：“你如果早点告诉我小冯是从BetaPoint出来的，那我可能就带着投资协议过来了。”

“哦？”冯北有些意外地看着老靳，“这么心急？这可不是你老靳一向的做事风格！说实话，我对链圈也不是很熟，只是之前听你说今年要重点投区块链的项目，我才临时决定把冯春约过来吃饭。”

“投项目还是要讲究正统，说得夸张一点，BetaPoint就是硅谷区块链创业圈的开创者。就冲着这一点，我就很肯定小冯应该是踏踏实实做区块链的，当然，今天聊了几句，我也能感受到他这个人还是比较踏实的。现在国内的区块链创业太浮躁了，很多人还没搞明白区块链是怎么回事，就拿着BP出来找投资，这跟骗钱有什么区别？”老靳有些不悦地说道。

“冯春是个做事非常靠谱的人，这一点我可以用人格担保。如果你真的看好他们公司，我建议赶紧下手，我上午跟他聊了聊，估计过两三个月他们就要开始融天使轮了。”冯北说道。

“种子轮是谁投的？”老靳问道。

“种子轮没有对外融资，就是几个人凑了一两百万吧。”冯北说道。

“哦，这倒是不错！要不你找个时间再跟小冯聊聊，这两周我们就把他的天使轮投了算了，免得夜长梦多。”老靳说道。

“老靳，你就这么有信心？你甚至还没聊过他们究竟在做什么业务。”冯北不解地问。

“我们可以先签一个排他的 TS[①]，把这轮融资锁定，然后花一两周做个简单的尽调。这种初创公司的业务不复杂，关键看核心技术。小冯既然是从 BetaPoint 出来的，我想技术应该不是问题，”老靳信心满满地说道，“对了，他当时在 BetaPoint 是什么职位？”

冯北想了想，然后说道：“听他说好像是技术总监，直接向公司的 CTO 汇报工作，职级应该不低。”

老靳点了点头，说：“这就够了！”

① Term Sheet，就是“投资意向书”。

第六章
学位区块链

春哥回母校当创业大赛评委，老同学遇到的麻烦却让春哥看到区块链应用落地的机会；小睿主动承担学位区块链的系统架构和技术预研，学位区块链项目正式启动……

老靳的一番话让春哥很受启发，况且天使轮投资的投资方是喜马拉雅基金，对春链来说绝对是一个很好的宣传，至少在创投圈，公司的名号就打出去了。

然而经过这段时间的讨论，春哥还是未能找到区块链落地的具体应用，眼看春链的平台马上就要开发完成并发布了，如果平台上没有任何应用，那春链的价值将大打折扣。

让春哥万万没想到的是，一个多年不联系的老同学打来的一个电话，让春哥有了意外的收获。

今早，春哥刚一走进创业咖啡的包房，小睿就背着双肩包，穿着运动鞋，风风火火地走了进来。春哥忍不住一笑，心想这么多年过去了，小睿还是老样子。

春哥想起昨天晚上那个电话，于是对小睿说道："小睿，你还记不记得我们班那位刘圈儿？"

小睿看着春哥，有些纳闷地问道："刘圈儿？是不是你们那位又白又胖的班长？我当然记得了，他说什么实验室新来了一个小师妹，每天兴高采烈地来实验室干活，一脸阳光的样子……现在想想，觉得他还挺无聊的。"

春哥看着小睿，嘿嘿笑了两声，说："就是他！后来他每次提到你，都说你是阳光灿烂的小师妹……"

小睿郁闷地摇了摇头，说道："春哥，你就别挤兑我了，我在宏软带团队那么多年，被扯皮、打架、做恶人这些事儿磨砺着，哪还是什么小师妹，不变成灭绝师太就不错了！”

春哥也摇了摇头，说：“其实你一点儿没变啊，从早到晚都是一副元气满满的样子，干什么事情都充满活力。每天你乐此不疲写代码的样子给我很大的压力，总觉得如果不把公司搞好，就对不起你。”

小睿坐在电脑桌面前，一边等待电脑开机，一边对春哥说道：“得了，春哥，你一大早给我灌心灵鸡汤，是不是又有大活儿派给我了？说吧，我这儿候着呢。”

春哥笑着点了点头，说道：“刘圈儿昨天给我打了个电话，说他现在是学生处的副处长了。”

“这家伙，给你打电话说他升官的事，是让你祝贺他吗？”小睿一脸鄙夷地说。

“哎，刘圈儿好歹是我的班长，格局不至于如此低！学生处和校团委最近在学校组织了一个大学生创业大赛。刘圈儿听说我在创业，就邀请我去做评委。”春哥解释道。

“刘圈儿是邀请你去现身说法吧！”小睿笑着说道。

“我毕业后就没有回过学校，正想趁此机会去看看，你要不也跟我回趟学校？”春哥对小睿说道。

小睿眼睛一亮，说：“好呀，我也有四五年没回过学校了！不过有言在先，这算你派我出差，差旅费可要给报销！”

春哥笑了笑，说道：“等融到钱了，我肯定给你报销！”

小睿在春哥肩膀上捶了一拳，不满地说了一句：“奸商！”

S 大是一所工科院校，大学生的创业项目都比较偏向于工科专业，但都存在着大学生创业的普遍问题——市场化经验不够，不知道如何将技术或者产品转化为市场可接受的商品。春哥作为评委，也作为正在创业的创业者，给各个大学生创业团队提出了中肯的意见和建议。整个下午总共有十个项目参与评选，让春哥收获不小。

比赛结束之后，很多创业团队都主动找到春哥，希望春哥在他们后续创业过程中给予指导和建议，于是春哥主动留下自己的微信，便于以后联系。

刘圈儿和春哥、小睿走出小礼堂，刘圈儿小声问道："你觉得这些创业项目如何？"

春哥点了点头，说道："都有一定的技术含量，不过与真正的商业项目相比，还有很大的差距。"

刘圈儿点了点头，说："我也意识到这个问题了，不是有好的技术、好的点子就能创业成功。在校大学生没在市场中锻炼过，对如何将产品市场化缺乏经验，所以才需要你们这些前辈给他们指导。"

春哥自嘲地笑了笑，说："刘圈儿，不瞒你说，我们现在的创业项目都还没想清楚商业模式，我也犯愁！创业是九死一生的事，看见这么多师弟师妹一腔热血要去创业，要做马云、做马化腾、做雷军……他们的理想都是好的，但是现实并没有那么简单！我真的要提醒你们这些学校领导者，不要鼓励现在的大学生毕业后就盲目创业，最好在一些大公司待几年，学习大公司的运作模式。"

刘圈儿点了点头，说："你说得很有道理！我回头好好考虑一下该如何正确引导他们。"

春哥不是在给刘圈儿泼冷水，而是在讲他的切身感受。公司创业几个月来，账面上的钱越来越少，但依然没有一分钱入账，春哥非常着急。

"商业化是个比较难的过程，我原来在 BetaPoint，感觉很容易就能拿下几个银行的单，但是真到自己实操的时候，发现这中间要迈过的坎不只一道两道！"春哥有些无奈地说道。

“春哥，我们这叫厚积薄发，只要找到一个能落地的具体应用，我们的春链就会一战成名！”小睿安慰春哥道，“我对你很有信心！”

刘圈儿在一旁打趣道：“阳光灿烂的小师妹果然是个乐观主义者，春春，你说我当年怎么就没遇到这么一个小师妹呢！”

春哥的心情立刻好了很多，笑着说：“圈儿，这是你人品的问题！”

刘圈儿自嘲地笑了笑，对小睿说道：“我听说你把宏软年薪百万的工作辞了，趁着春春去创业，私下问一句，他给了你多少股份？”

小睿白了刘圈儿一眼，用外交辞令说道：“商业秘密，不便透露。”

三个人聊着，刘圈儿的手机响了。刘圈儿向春哥和小睿做了一个抱歉的手势，跑到一边去接电话。

不一会儿，刘圈儿接完电话回来了，春哥笑着问道：“圈儿，是不是你老婆来查岗了？”

刘圈儿摇了摇头，说道：“不是我老婆，是我女朋友，她最近遇到一件麻烦事……”

“哦，什么事？”小睿好奇地问道。

“她前年从南加州大学博士毕业，在香港工作了一年多，上个月回南京找了一份工作，但是用人单位要她找南加州大学出具一份证明，表明她的学位证书真实有效……”刘圈儿说道。

“她博士毕业是有学位证书的呀！”春哥觉得这事很奇怪。

“嗯，博士学位证书在手上没错，但是用人单位没法查询这份证书的真伪，所以才提出这样的要求，”刘圈儿郁闷地说道，“所以这两天她一直在找美国的朋友和同学帮忙。”

“美国大学好像没有这种证明。”春哥也觉得这事挺麻烦的，美国都是认学位证书的。不过这两年，学生伪造学位证书欺骗用人单位的事时有发生，所以现在用人单位也变得很谨慎。

“是呀，现在还不知道这事该怎么办。”刘圈儿唉声叹气地说道。

“这种事现在很多吗？”春哥接着又问。

“现在越来越多了，”刘圈儿说道，“因为学生处现在负责学生就业的问题，我跟很多用人单位的 HR 聊过，他们现在很头痛的就是如何确认海归留学生学位证书的真伪。现在学位证书造假的手段越来越高明，几乎可以以假乱真，而大部分国外大学并没有用来查询学位证书的网站，所以不仅用人单位苦恼，海归们也很苦恼。”

响亮的手机铃声把小睿从美梦中吵醒，小睿一边咒骂那些无良的骚扰者，一边摸索着挂断了电话。

刚挂断不到十秒钟，手机又响了，小睿又迅速地把手机挂断。直到手机铃声第三次响起，小睿才非常不情愿地拿过手机。手机屏幕上显示着春哥的名字。

“春哥，现在才几点……”小睿慵懒又不耐烦地说道。

“小睿，快起来，我想到了一个很好的 idea[①]！”春哥在电话那头兴奋地说道。

小睿挠了挠头，不悦地说道：“什么好点子，不能明天再说吗？”

“别废话，赶紧起来，我在大堂等你！”春哥命令道。

不一会儿，小睿梦游般地出现在学校宾馆的大堂。小睿睡眼惺忪、半梦半醒，

① idea，主意，点子。

春哥却神采奕奕的，一边踱着步，一边在思考着什么。

“春哥，现在才凌晨四点半，你是不是失眠了！”小睿不高兴地说道。

“走，我们去学校操场跑两圈，我有个想法要跟你好好商量一下！”春哥兴奋地说道。

“我没睡好，我跑不动！”小睿听说春哥要拉她跑步，心里一百个不愿意。

“走，走，走……”春哥不由分说地拽着小睿向学校的操场走去，一边走一边说，“我是受刘圈儿的启发，既然现在国内很多公司要验证学位证书的真伪，我们为什么不开发一个学位区块链的应用呢？”

“你说什么区块链？”小睿的反应显然不是清醒状态下的反应。

“学位区块链。就是用区块链技术发行电子版的学位证书！”春哥补充道。

“我，我想想……”小睿使劲地晃了晃脑袋，努力让自己清醒一点，然后说道，“我觉得有问题！区块链是用来处理交易的，学位又不能买卖，那要怎么跟区块链扯上关系啊……”

晨风吹过，小睿慢慢清醒过来。她仔细想了想春哥刚才说的学位区块链，觉得还是不妥。“春哥，要达到这个目的，最简单的方法就是直接在 PKI 架构上由学校用私钥签发电子学位证书给个人就可以了，为什么还要用区块链呢？感觉像是在蹭热度。”小睿补充道。

春哥摇了摇头，显然，他已经思考过这个问题了，说：“我认为让区块链当学校签发证书的见证人可信度更高，当然，这个学位证书可以是我们原先讨论的基于 PKI 的电子证书。”

小睿还是摇了摇头，说：“我还是不明白这东西为什么要用区块链，用传统数据库不行吗？”

“我们换个角度来想，你向学校申请一个学位证书，学校给你签发了一个电子证书，这件事被记在了区块链里，这有什么好处呢？首先是有持续性。只要区块链平台还存续着，即便签发给你证书的学校都已经不存在了（比如被其他学校合并），你的电子学位证书也还在。”春哥回答道。

小睿若有所思地点了点头，似乎悟出了一点道理。

春哥接着说道：“第二个好处就是一旦学校发证书给你这件事被记在区块链里，这件事就被永远记录下来了，不太容易篡改或者抹掉，而且随时可以查询，这才是区块链给我们带来的最大好处。”

“但是，我们要怎么才能保证春链上的学位证书的权威性呢？换句话说，我们怎么才能让别人相信我们的证明是真实有效的呢？”小睿继续问道。

“电子学位证书必须由大学来签发，这样才能保证权威性。所以我的想法是发布一套开源的开发工具包，一个开放框架，学校用这些工具来签发电子学位证书并以此创造一个学位区块链的开发生态系统。只要用我们的学位区块链来签发电子学位证书的学校越多，我们的系统就越有公信力！”春哥激动地说道。

小睿点了点头，说：“听上去有些道理。”

“我认为学位区块链是目前能想到的最好的落地应用！这是这次来南京最大的收获呀！”春哥开心不已。

“也是意外的收获呀！”小睿补充说道。

两人围着学校的操场跑了五六圈，讨论着学位区块链的一些技术细节。以前春哥和小睿经常用这种方式来讨论问题。用春哥的话来说，跑步让思维变得更加活跃，不过，小睿一直认为这个说法没有任何科学道理。

跑完步，春哥和小睿靠在操场边的栏杆上，累得上气不接下气。

小睿休息了好一会儿才说道："春哥，刚才跟你讨论完，我觉得学位区块链真的很有前途。同时，也让我深受启发，原来区块链可以做很多以前我们没有想过的事，学位区块链这事就交给我负责吧！"

春哥肯定地点了点头。

春链平台的开发工作已经到了最后的扫尾阶段，回到北京后，春哥对小睿的工作进行了调整，让她专门负责学位区块链的架构设计和技术研究。而他和番仔、戚晟则继续完成春链最后的测试和发布工作。春哥要求小睿在一周之后就学位区块链的实现和技术路线做一份整体的技术框架报告。

一周之后，小睿基本完成了学位区块链的整体架构设计和技术研究，按照春哥的要求，小睿将在公司内部会议上做一次汇报。

"关于学位区块链的背景我就不多说了，这是这次我们去南京的意外收获！我的初步构想是发布一个基于春链平台的数字学术证书的开源标准和开源架构，任何机构都可以用来签发数字证书，包括但不限于学位证书、职业执照、培训证书等。当然，前期我们只开放给高校用于签发电子学位证书。具体来说，我们将提供一组开源的库、工具和移动应用，这些技术资源在区块链技术的基础上构建了一个去中心化的、标准化的、以证书接受者为中心的生态系统……"小睿一边翻着PPT，一边介绍。

番仔和春哥都认真地记着笔记，尤其是番仔。他知道小睿这段时间正在秘密准备着什么项目，今天终于揭开谜底了。只有戚晟，微眯着眼坐在椅子上，既不记笔记，也不发表意见。

"我们还将发布一套开源的代码，供研究机构和商业开发者做二次开发。这套开源代码，包含在春链上创建、签发、查看和验证数字证书的工具包，目标是为培育一个区块链证书生态系统提供完整的支持。”小睿继续讲解道。

番仔点了点头，赞赏地说道：“这真是一个伟大的工程！但是话又说回来，就凭我们几个能完成这个伟大的项目吗？”

“不要打岔！人不够可以招，你看你不是把戚大给招来了！”小睿看了看微眯着眼似乎睡着了的戚晟，说道。

戚晟比其余几人年长不少，直接叫他名字显得不太尊重，当然也不能叫他戚大叔，所以大家索性都称他为戚大。

戚晟微微睁开眼睛，慢条斯理地说道：“其实开发量也不大，如果我一个人，那么三个月就能完成。不过要是你们几位拖我的后腿，开发时间就难说了！”

戚晟的话把其余人给损了个遍。春哥心态倒是很平和，他清楚戚晟的能力远超他们三人，只是小睿和番仔多少有些不服气。

番仔哼了一声，不满地说道：“大放厥词！”

“好了，小睿继续讲。”春哥赶紧让大家言归正传。

小睿点了点头，说：“我先问个问题，你们觉得电子版的学位证书是什么样子的呢？”

春哥想了想，说道：“按照常规做法，首先需要证书的签发方和接收方都有自己的数字证书，能够在网络中标识自己的身份，可以做加密交互和数字签名。之后，签发方为学位证书的电子版做一个数字签名，然后把电子版的学位证书及电子签名一起发送给接收方。”

“嗯，不错。其实就是现在网络安全中证书签发过程的电子化，流程一点都没有变。”小睿点评道。

接着小睿又问道：“第二个问题，比如你用刚才那种方式拿到了麻省理工学院给你签发的博士学位证书，你怎么向别人展示这个证书，让别人知道你拥有麻省理工学院的博士学位呢？”

“让对方拿我的电子学位证书去验证这个签名是不是真的麻省理工学院的数字签名。嗯…… 所以最好能有一个手机 App，或者去一个特定的网站，这样别人验证起来会方便一些。”番仔毫不犹豫地说出了自己的想法。

小睿打开自己的 PPT，肯定番仔的思路：“番仔的思路与我基本一致。大家看一下，这是我画的学位证书的签发和验证过程。”（见图 6-1）

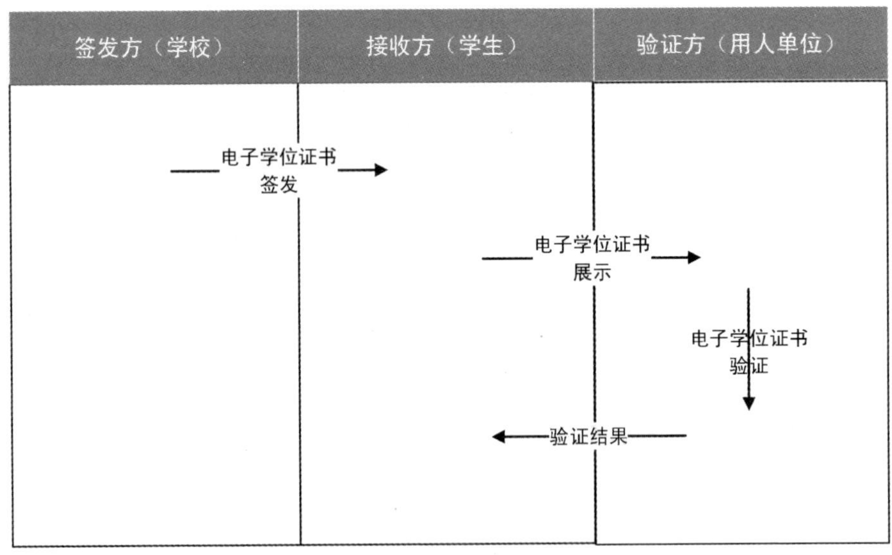

图 6-1　学位证书的签发和验证过程

大家看着 PPT 里的这张图，纷纷点头表示赞同。

其实这完全就是实体证书颁发和验证过程的电子化，唯一称得上跟技术相关的，就是用数字签名代替了传统实体证书上学校盖的钢印。当然，电子学位证书能起作用的基本要求，就是签发方和接收方都拥有CA签发的公钥私钥对，可以用作身份标识和数字签名，这是学位证书可以电子化的基础。

“第三个问题来了，这种做法有什么缺点呢？”小睿又问道。

“证书会丢！”番仔想也不想，愣愣地回答了一句，“小睿姐，既然你刚才都说了，这就是一个实体证书的电子化，那实体证书会丢，电子证书也会丢。”

小睿点了点头，说：“电子证书确实存在会丢的问题，无论是实体证书还是电子证书，在这点上都是一样的。除此之外，其实还有一个问题，就是学位证书会因为PKI证书的过期而无法验证，维护起来会比较麻烦。”

“接下来我们看看学位区块链在现有的实体证书和电子证书上做了哪些改进、它可以给用户带来什么、对区块链应用场景的开拓有什么启示。”

小睿将PPT翻到下一页，角色交互过程示意图（见图6-2）显示在小会议室的电脑屏幕上。

小睿开始解释：“这是学位区块链的工作流程。学位区块链的工作流程涉及三个角色。第一个是证书签发方，通常是高校、培训机构、认证单位等。第二个是证书接收方，通常是个人或者企业法人等。第三个则是证书验证方，对于学位证书持有者来说，通常是用人单位；对于企业法人来说，通常是资质审查方。这张图中的三列分别代表这三个角色，图中的箭头代表两个角色之间的交互。”

小睿接着说：“学位证书的签发过程是这样的。签发方决定授予接收方一个证书，于是通过电子邮件发送给接收方一个邀请，邀请的内容大致是，证书签发方（I1）希望给你（R1）签发一份学位证书，证书内容大致是麻省理工学院授予你工学博士学位。”

“因为区块链要求每个有账号的用户都有数字证书，所以在离线电子邮件交互

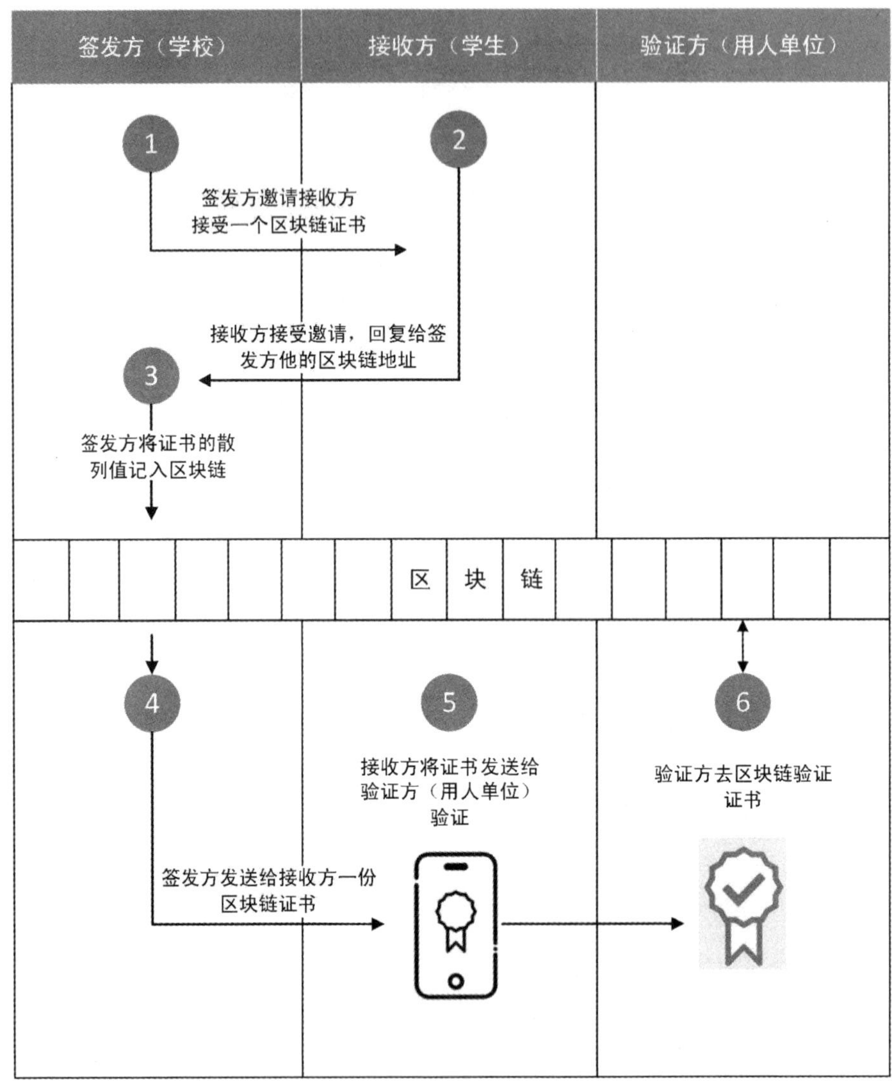

图 6-2　角色交互过程示意图

中直接用数字证书做数字签名和加密传输，看起来顺理成章。这个邀请本身，也有可能是由签发方通过数字签名的方式发出的，以向接收方证明数据的完整性和签发方对这份信息的认可，邮件加密自然是用接收方的公钥加密，以保证传输过程的信息安全性。”

春哥和戚晟都点了点头，番仔却有些懵圈，说道：“什么数字证书？不是学位证书吗？都有数字证书了还要学位证书干什么？”

小睿笑了，说：“番仔，就知道你会混淆。这里的数字证书是 PKI 架构下由 CA 签发的证书，是指公钥私钥对，在区块链中用作基本个体的身份标识。这里说到的数字证书，是指你的学位证的电子版。”

番仔点了点头，算是搞明白了。

小睿接着说：“当接收方接收到邮件之后，会把自己在区块链上的账号回复给证书签发方。”

小睿指着 PPT，接着说：“前面的步骤一和步骤二，是为下面电子学位证书的正式签发做准备。接下来的交互过程就涉及区块链了。步骤三中，学位证书签发方会在区块链上发起一次最小金额的转账，在转账的备注栏中记下了需要签发的学位区块链的散列值。一般来说，几十分钟后，这次转账会被区块链接收并记录在案，也就是说转账成功了。”

小睿继续说：“在这次转账中，接收方拿到了学位证书的散列值。至于怎么给接收方学位证书呢？从经济实惠的角度考虑，签发方可以通过区块链之外的渠道把证书发给接收方，比如电子邮件等。只要保证证书的散列值从签发方到接收方的传递过程在区块链的交易中被永久记录下来，这个学位证书的传递就算完成了。”

番仔这次精神了，说：“等等，小睿姐。上次咱们聊过红酒区块链，不也是这样的吗？线下的红酒可以作假，那学位证书也可以作假呀！”

小睿微微摇了摇头，说道："红酒跟学位证书在这个场景里是有区别的。学位证书的散列值在交易上记着呢。红酒不是电子的，可不存在什么散列值。学位证书的散列值实际上代表学位证书本身，而红酒是线下的实物，这个线上线下的绑定关系问题，在红酒区块链的场景中没有得到解决。"

"我们再来看一看学位证书的使用过程吧。一个证书的接收方拿到证书后，就持有了这个证书。如果验证方需要验证证书的真伪，那只需要拿散列值去区块链查询发生过的交易，如果这笔交易确实存在，那么就证明，这本学位证书确实在交易发生的时间点上由签发方签发给了当前的证书持有者。"

这时候戚晟问了一句："既然领的是数字学位证书，那为什么还需要去区块链验证呢？直接验证学位证书的校方签名不就可以了吗？"

小睿点了点头，说："这是个好问题！我们来看这个交互过程，如果区块链能够记录曾经发生的事情，那传递的学位证书还必须是签发方数字签名过的证书吗？听起来是不是不那么肯定了？因为你的学校给你颁发学位证书这件事情，被记录到了一个众所周知的'公共账本'上了，永远都可以查到而且没有办法抹掉。"

"我还有个问题，存放在区块链上的学位证书是什么形式？"春哥开口问道，"是散列还是整个证书？"

"散列，不是证书。"小睿很肯定地回答道。

"证书存哪里呢？"春哥接着问道。

"因为涉及用户隐私，所以用户自个儿收着！"小睿回答道。

"用户自己保存证书？我想一下。"春哥沉默了一会儿。

"大家还有什么问题吗？"小睿四下看了看，问道。

"哎！"戚晟叹了一口气，说道，"在我看来，这个学位区块链一点也不实用。

我很难想象哪些人会有能力去区块链上查询过去发生的交易，因为不会查询就不能验证证书，这个学位区块链对用户的技术要求太高了。”

“戚大，你不要太早下结论。我已经考虑过这个问题了，”小睿又打开一张PPT，继续说道，“学位区块链提供了非常丰富的开放标准供开发，所以高校、培训机构可以据此开发证书签发的应用，而广大开发人员可以根据这些开源开发包开发手机 App，帮助个人申请证书，或帮助用人单位等机构验证证书。所以，我们实际上是建立了一个生态系统，让所有人能在这个生态系统中找到自己的位置，生产出别人需要的东西来。”

“教育技术机构可以为高校量身定制学位证书签发系统。由于标准是开放的，所以一些个人开发者就可以按照自己的喜好开发各种证书验证 App 和申请 App，或许还可以衍生出不少其他的手机应用，简单的比如证书管理，复杂的比如校友会、校友通讯录这些社交软件。”

戚晟听罢，缓缓地点了点头，说：“勉强可行吧！”

春哥定下的目标是两个月内完成学位区块链的原型开发，这对这支只有四个人的开发团队来说，无疑是一个非常紧迫的目标，好在春链平台已经完成发布了，众人可以把所有精力都投入到学位区块链的开发中。

春哥对戚晟的编程能力相当有信心，对他负责的那部分系统模块没有任何顾虑，而番仔却认为戚晟年纪太大，写代码的效率肯定比不上年轻人，所以大言不惭地提出，自己的工作完成之后，可以替戚晟分担一部分工作。

没想到，两周过去了，戚晟已经完成了三分之二的工作，而番仔却因为一个始终解决不了的 bug，开发进度一直停滞不前。

番仔是个很要面子的人，尽管这个 bug 已经拖延了四天的工作进度，番仔还是硬扛着，不向任何人求援。

戚晟每天都能看到所有人提交的代码，番仔遇到的问题自然被他看在眼里。

“番仔，那个 bug 已经耽误你四天的工作了吧！”戚晟端了一杯茶，坐在番仔旁边的沙发上，笑嘻嘻地说。

番仔郁闷地看了戚晟一眼，不悦地说道：“没你啥事，我自己能解决！”

“哎，扛不住就不要硬扛了！如果我没猜错，你学编程那会儿，指针应该学得不好吧！”戚晟继续笑着说道。

戚晟一句话戳到了番仔的痛处，他一直对编程中指针的用法掌握得不太好，而这次遇到的 bug 是指向指针出了问题，所以番仔更是头大。

番仔假装没听见，继续盯着屏幕，一脸严肃地检查着自己的代码。

“其实你这段代码没问题，”戚晟继续说道，“我是说，你这部分代码没问题，问题在其他地方。”

“好，你说哪段代码有问题？”番仔没好气地转过来，看着戚晟说道。

“哎，我现在有点口渴，嗓子也不太舒服，说话就不太利索，想现在喝杯橙汁。”戚晟笑着说道。

“好，戚大，我认怂，你等着！”番仔气呼呼地走出包房，去柜台买了一杯橙汁。番仔知道要是再不解决这个 bug 会拖慢整体的进度。既然戚大知道问题在哪，自己只能服软了。

番仔郁闷地把一杯橙汁放在戚晟面前，没好气地说道：“戚大，你要是搞不定这个问题，你得请我喝十杯！”

戚晟喝了一口，摆出一副无比舒爽的样子，笑着说道：“别人请的橙汁就是比自己买的好喝。”

小睿看着番仔跟戚晟在斗气，明白是戚晟故意挑衅番仔，忍不住笑出声来。

戚晟喝完橙汁，伸了一个长长的懒腰，轻描淡写地说道：“第 398 行的 if 语句后面少了一个 * 号！”

番仔反复看着第 398 行代码，半天没想明白为什么少了一个 * 号，但既然戚晟这样说了，番仔就把 * 号加了上去，心想：如果问题还是没解决，我一定要戚大天天给我买橙汁，连买十天。

番仔对代码重新进行编译再次执行，发现那个 bug 果然被解决了，运行的结果正是自己设想的那样。番仔愣愣地看着屏幕，不明白为什么自己这么多天没搞定的 bug，被戚晟加了一个 * 号就解决了。

这时候，春哥走了过来，拍了拍番仔的肩膀，语重心长地说道：“你有机会多跟戚大学学，对你一定有好处。”

番仔满脸不服气地看了戚晟一眼，心想，他就是一个高级技校毕业的技校生，我跟他有什么好学的!

四个人经过一个半月的不懈努力，终于在规定时间之前完成了学位区块链第一个版本的开发和测试，春哥把开发工具、中间件以及接口文档都放在了春链的官方网站上。

大家认为，海外留学生对电子学位证书的需求更迫切，于是决定从国外的学校开始推广学位区块链。春哥首先想到的当然是母校所在的常青藤联盟。为此，春哥还专门飞去美国。

还好美国大学都比较开放，学生们对于学位区块链这个新生事物都很感兴趣。

春哥采取了商业化运作方式：学校每签发一张电子学位证书，都将获得一定的费用，区块链上的“矿工”记录这笔交易也会收取费用，而在推广期所有的费用都由春链公司支付。

其实春哥并不赞同免费的策略，但是小睿和番仔都告诉他，在国内做互联网应用的推广，最开始都要免费，还语重心长地告诉春哥：“免费其实是最贵的。”

第七章
天使轮融资

学位区块链用户量的激增让春链公司的资金捉襟见肘，春哥启动天使轮融资，却被老靳算计；宁佳为春哥出谋划策，完成学位区块链项目的商业模式设计；戚晟亮明身份，拿出 1 200 万元投资春链……

连春哥都没想到，学位区块链项目竟然受到了国外许多高校的欢迎，尤其是在美国，已经有超过 100 所知名高校开始利用春链的学位区块链组件签发电子版的学位证书。最让春哥意想不到的是，国内人才招聘公司、猎头公司以及很多大公司的 HR 都逐渐开始用春链来查询候选人的学历、学位是否真实。

“春哥，今天学位区块链 App 的注册量已经超过了 10 万！”番仔看了看后台数据库，兴奋地说道。

10 万的用户注册量，对于只上线一个月的 App 来说是个非常了不起的成绩，况且春哥没有做任何的付费推广，也就是说这 10 万用户全都是自发注册的真实用户，这是最让春哥感到兴奋的。

“还有，现在咱们区块链上签发的电子学位证书已经超过 100 万份，全球覆盖的大学已经超过了 200 所！”番仔一边敲着键盘，一边兴奋不已地说道。

坐在番仔旁边的戚晟笑着摇了摇头，手指依然在键盘上飞速敲击着，一行行代码有条不紊地出现在屏幕上。

番仔纳闷地看了戚晟一眼，不解地问道：“戚大，你摇头是什么意思？”

戚晟的目光依旧停留在电脑屏幕上，不紧不慢地说道：“咱们的学位区块链是个好东西，但是这商业模式实在是太糟糕了！”

“为什么糟糕？难道你没看见有这么多人注册使用吗？”番仔有些不忿地说道。

戚晟没有再搭理番仔，而是继续专注地写程序。番仔还想继续跟戚晟争辩两句，却见春哥眉头紧锁，脸上没有丝毫喜悦之情。

戚晟说得不错，学位区块链的商业模式的确有问题，而且还是很大的问题。当初为了鼓励各所高校用春链的区块链平台来签发学位证书，春哥为每一份在春链上签发的学位证书设定了一定数量的奖励金。按照当前的情况，每一份电子学位证书的奖金大约是 10 美元。同时，为了鼓励“矿工”们来记账，春哥还给予每次记账的“矿工” 5 美元的奖励。让春哥万万没想到的是，高校签发电子学位证书的速度竟然如此之快，短短一个月时间，春哥账上的资金已经所剩无几了。

春哥知道，如果没有这些奖励，那么不仅大学不愿意在春链平台签发电子学位证书，连那些“矿工”也懒得记账。但如果按照现在的速度发展下去，一周以后，春哥就要面对拿不出钱的状况了。

“我们干脆向个人收费吧！”番仔提议道。

公司的全体会议，戚晟通常是不参加的，他认为自己宝贵的时间应该用来写程序，让开会这种无聊的事耽误自己的时间实在有些不划算。所以公司的全体会议通常只有春哥、小睿和番仔三个人参加。

春哥摇了摇头，说：“我们现在需要赶紧扩大用户规模，如果用收费的模式，那么扩展的速度一定会慢下来，我不建议现在采用收费模式。”

小睿点了点头，对春哥的说法表示赞同，又问：“春哥，咱们还能坚持多久？”

“照现在这个速度，顶多也就下周。”春哥实话实说。虽然公司账上还有一笔钱，可以继续支撑半个月，但是这笔钱是用来发工资和支持公司日常开销的，不到万不得已，春哥不想动这笔钱。

“那就赶紧去融资吧！”小睿提议道。

春哥点了点头，从目前形势来看也只能如此了。

“现在才想起去融资，早干嘛去了！”在不远处的戚晟不冷不热地说道。

番仔对戚晟怒目而视，不满地说道：“你只会马后炮，那你早干嘛去了？”

春哥制止了番仔，叹了一口气说道：“戚大说的也不错，现在开始融资，钱至少也需要两三个月才能到账，的确来不及了！哎，我真没想到用户发展得如此快！”

春哥低估了区块链学位证书受欢迎的程度。他之前估计，一个月能签发几万份电子学位证书就已经很不错了，万万没想到竟然会突破一百万份，这或许算得上是幸福的烦恼，但此刻的春哥丝毫感受不到幸福，脑袋里满满的都是烦恼。

“来不及也要赶紧去融资，从今天开始我们把签发的数量降下来，直到融资的资金到位！”小睿坚决果断地说。

“这样会影响用户体验！”番仔想了想说道。

“总好过一周以后业务中断！”小睿立刻反驳道。

春哥想了想，缓缓地说道：“事到如今，就按小睿的意见来吧！”

春哥没有融资的经历，不过他至少知道融资之前要写一份 BP，把自己创业想要做什么、创业团队的情况、未来预期收益写清楚。

说干就干。春哥坐在电脑面前，快速敲击着键盘，按照自己的想法开始准备春链第一次融资的材料。

写到创业团队的时候，春哥想：公司现在总共四个人，索性全部写上去。小睿和番仔的经历，春哥都很清楚，但是对戚晟过去的经历，春哥却知之甚少。

“戚大，你写一段简短的自我介绍吧，我放进 BP 里面。”春哥看了看不远处正在认真写代码的戚晟，说道。

“我？”戚晟转过头来看着春哥，然后笑了笑，说道，“我就算了吧，学历和经历都乏善可陈，就不要拖大家的后腿了。”

春哥摇了摇头，说道：“戚大，虽然我不知道你是什么来历，但是我敢肯定你编程的水平比我们几个人都高出一大截！”

春哥说得一点不夸张，他看过戚晟写的代码，不仅代码简练规范，而且程序中的算法也非常高效，其中有很多代码，春哥自认为写不出来。另外还有很重要的一点，自从戚晟来了以后，春链平台的运行稳定了很多，最近一个半月，平台没有出现一次宕机的情况，这一切都是因为戚晟默默为平台打了很多补丁，修改了很多之前存在的 bug。小睿和番仔可能不知道这些情况，但是春哥却都清清楚楚地看在眼里。春哥很肯定，没有十年以上的积累，是无法达到这种水平的。

戚晟笑了笑：“无他，唯手熟尔！”

今天是周末，小睿和番仔都有约会，办公室只剩春哥和戚晟两个人。春哥索性开门见山地问道：“戚大，以你的水平，完全可以去那些顶级的互联网公司，拿十倍以上的薪水，我很好奇你为什么会一直待在我们这种小公司？”

戚晟那张有些沧桑的脸上露出了意味深长的笑容：“你是不是怀疑我想窃取你们的商业机密？”

春哥摇了摇头，说：“我曾经怀疑过，但现在不怀疑了。”

“哦？”戚晟有些意外地看着春哥，“真的？为什么？”

“你犯不着！”春哥言简意赅地说道。

戚晟哈哈大笑了几声，然后说道：“虽然你商业能力比较差，但是眼力劲儿还不错！”

春哥点了点头，道：“轮到你回答我的问题了！”

戚晟也点了点头：“很简单，我喜欢你们团队的氛围，也很喜欢通宵在咖啡馆写程序，另外还很享受把你们千疮百孔的系统给打上补丁！如果你把公司搬到写字楼，那或许我第二天就会辞职！”

“看来要想留住你，我最好是能把这间咖啡馆给买下来！”春哥开玩笑地说道。

“你融资如果是为了买咖啡馆，那帮投资人一定会要了你的命！”戚晟也开玩笑地说道。

“言归正传，我还是想把你的信息放在 BP 中。”春哥说道。

“谢谢，真的不用了。”戚晟婉拒了春哥。

春哥认识的投资人只有老靳，所以春哥首先想到的也是老靳。老靳很爽快地约春哥去他的办公室详谈。

喜马拉雅基金在振业国际大厦租了一整层。一出电梯门，春哥就看见公司幕墙上“喜马拉雅”几个大字，大字下面有几十个小的公司 Logo，都是喜马拉雅基金投资的一些企业。大众口碑、小灰车、拼得多这些业内的知名公司自然放在中间最显眼的位置。

前台把春哥带到老靳的办公室，老靳正在跟一名下属谈事。见春哥来了，老靳很快结束了谈话，邀请春哥在沙发上就坐。

前台给春哥端了一杯茶，然后离开办公室，悄悄地把门关上。

老靳坐在春哥对面，笑着说：“小冯，上次见面之后，我一直说到你们公司看看，没想到倒是你先来了！”

春哥笑了笑，说道：“靳总，我知道你比较忙，随时欢迎到我们公司指导指导！”

老靳摆了摆手，连忙说道：“指导不敢当，你才是专家，欢迎你常来给我们的投资经理讲讲课。现在区块链太火爆了，但是项目质量却参差不齐，没有一个专家把把脉，我们也怕掉进坑里。”

春哥笑着说：“靳总，你也太抬举我了。不瞒你说，我这次来找你，也是为了融资！”

“哦，是吗？什么项目？”老靳一副很兴奋的样子。老靳知道春哥这次来肯定是为春链融资的事情而来，只不过明知故问而已。

“就是我的公司，”春哥认真地说道，“春链平台已经上线了，我们现在启动了一个学位区块链的项目，用户发展比我们预想的快很多，我们自己的资金已经快用完了！”

跟老靳这种老江湖打交道，春哥显然是太嫩了，一开口就露了自己的底牌。既然你现在没钱了，你急着来融资，老靳自然会趁机压低你的估值。

“哦，好呀！小冯，我很看好你们公司。”老靳笑着说，然后端起茶杯喝了一口茶。

“靳总，我做了一份 BP，你要不要看看？”说着，春哥赶紧把随身背的笔记本电脑拿出来，准备给靳总讲讲自己的 BP。

老靳摇了摇头，说道：“小冯，不必了，其实我对区块链也不是太懂，到时候我手下的投资经理会到你们公司做尽职调查的。”

春哥点了点头，说道：“好的，那我就等靳总的安排了！前后大概要多长时间？”

老靳想了想，然后说道：“从尽调到投决会评审，再到最后签协议、打款，我估计至少要两个月！”

“两个月？”春哥有点惊讶地问道，“这个时间有点长，我最近急需资金扩大规模！”

“小冯，你也知道，我们公司必须按照流程办事，这也是对 LP（基金的有限合伙人）负责。”老靳解释道。

“靳总，有没有办法缩短一点时间？”春哥急切地问道。

老靳摇了摇头，否定道：“这是最短时间了，而且最近项目比较多，所以过投决会还要排队，不一定尽调完马上就能开投决会。”

“这就比较麻烦了。”春哥为难地说道。

老靳沉吟了一会儿，然后问道：“小冯，你这次大概需要多少钱？”

春哥不假思索地说：“我这次打算融 1 000 万，释放 12.5% 的股份。”

老靳听罢，点了点头，说道：“这样，1 000 万也不算太多。你如果急着用钱，我可以以个人的名义投资你！既然你是冯北的朋友，我绝对相信你的能力，我下周就可以打款给你！”

“啊？”春哥惊讶地看着老靳，“靳总，你不用尽调吗？”

“不用，完全就冲着冯北给你的背书，”老靳严肃地说道，“不过，因为我不做尽调，所以在估值上你也得给我打个折吧！”

春哥想了想，问道：“靳总，多少估值你能接受？”

老靳想了想，然后说道：“这样，我投你们公司 1 000 万，占 20% 的股份，你看如何？”

春哥之前是按照 8 000 万的估值报价的，老靳这一打折，公司的估值就降到了 5 000 万。

见春哥有些犹豫，老靳又继续说道：“你如果觉得估值太低，那我也不勉强。我跟公司那些投资经理打打招呼，看能不能加快一点，不过我估计再快也要一个半月。”

春哥点了点头，说道：“我回去再想想。”

老靳送春哥走到电梯口，叮嘱春哥好好想想。两人告别后，老靳回到自己的办公室，坐在沙发上拨通了一个电话，“嘟嘟嘟”响了几声后，传来了冯北的声音。

“冯北，今天小冯来我们公司谈融资的事。”老靳一边说一边拨弄着鼠标，看春哥发给他的 BP。

“哦？你们谈到最后的估值是多少？”冯北问道。

“我给他报价是 5 000 万元估值，我增资 1 000 万元，占股 20%。”老靳说道。

“老靳你也太黑了吧！以他现在的用户规模和增长速度，估值一个亿都不过分。我只是想，冯春既然找你融资，也让你占点便宜，所以才让他报 8 000 万元估值，没想到你直接砍到 5 000 万元……”冯北也觉得老靳这次砍价砍得太狠了。

“冯北我告诉你，小冯肯定会找你商量，你可别坏我好事！”老靳对冯北说道。

冯北那头沉默了……

“冯北，我会在下次股东会上联合其他几个股东提议高管持股计划，我们会要求高晓磊再追加给你 3% 的期权。”老靳说道。

“我明白了！”冯北好一会儿才回答，声音中带着一丝愧疚。

在宁佳的印象中，这是春哥第一次主动约她谈事，地点还是第一次见面的那家咖啡馆。

宁佳赶到咖啡馆的时候，春哥已经帮她点好了一杯卡布奇诺，自己照旧要了一杯大麦茶，这不禁让宁佳想起两人第一次见面时的场景。

宁佳在春哥对面坐下，也没有客套寒暄，直接问道：“有什么事吗？”

“宁佳，你认识投资人吗？我们公司最近需要一笔钱发展业务。”春哥直接问道。

宁佳想了想，“投资人倒是认识几个，不过都是泛泛之交，算不上太熟。介绍你们认识倒没什么问题，你先告诉我，融这笔钱有什么用途。”

春哥简单地把学位区块链现在的进展情况向宁佳介绍了一下，然后说道：“下午我谈了一家投资机构，那个机构的合伙人个人愿意投资 1 000 万元，很快就能打款，但是要占股 20%，我有点犹豫。”

宁佳听了之后，想了想说道：“虽然我不是投资人，但是以你现在用户发展的速度和规模而言，再加上区块链的概念，我觉得这个估值是偏低的。”

“其实，我最在乎的不是估值高低，而是现在如果释放 20% 的股份，加上我计划拿出 15% 做员工持股的部分，那么以后再融资两三轮，随着股份不断稀释，我担心可能会失去对公司的控制……”春哥喝了一口茶，继续说道。

宁佳点了点头，“我也看过国内很多公司，创始人失去对公司的控制之后，公司的发展方向常常被投资人左右，这类公司最后的情况都不太好。”

春哥表示同意：“这就是我最担心的，如果春链不能按照我的构想来发展，这个公司就前功尽弃了。虽然只是未来存在这样的风险，但我还是希望尽量避免，所以这轮我并不想释放这么多的股权。”

宁佳点了点头，说：“我支持你的想法。”

“但是现在的投资机构，从立项到尽调再到最后的投决会，差不多要一个多月，我等不了这么长的时间！”春哥有些焦虑地说道。

宁佳笑了笑，说道：“春哥，其实你现在最大的问题不是尽快融到钱，而是你的商业模式有问题！”

春哥对宁佳越来越佩服了，她一针见血地指出了问题的本质，与戚晟的判断一模一样。

“你继续说，我洗耳恭听。”春哥谦虚地说道。

“现在的商业模式中，你给大学奖励，鼓励它们签发电子学位证书，然后你还给‘矿工’奖励，鼓励他们来记账，但是你靠什么赚钱呢？”宁佳笑着问道。

“这个问题我想过，将来我计划由学位证书持有者支付这笔费用。”春哥不假思索地说道。

“让学位证书的持有者来支付这笔费用？你有没有想过，他们为什么要为在区块链上签发学位证书付费？”宁佳接着说道，“比如我是武汉大学毕业的，报社只要去国家的学位证书网站上一查，就能查出真伪，如果你要我付费去签发一个电子学位证书，那我才不会出这笔钱！”

春哥点了点头，“所以我的目标用户不是国内的大学生，而是那些海归留学生，他们回国找工作，都需要证明自己的学位证书是真实有效的。”

“你凭什么说在你春链上签发的电子学位证书就是真实有效的呢？”宁佳继续问道，“他们手上那些盖了学校钢印的纸质学位证书都会被怀疑，更何况在你这个区块链平台上签发的电子学位证书！”

“这倒是一个实实在在的问题！你这么一说，难道我这学位区块链就真赚不到钱了？”春哥沮丧地说道。

“当然不是，你的学位区块链其实是解决这个问题的最好办法。由学校签发，又很难篡改，足够保证学位证书的真实性，关键是怎么树立公信力。”宁佳继续说道。

“嗯，这的确是一个巨大的难题！”春哥挠了挠头说道。

“要不你请我吃顿饭，我告诉你答案。”宁佳得意地说道。

“你赶紧说，不要说一顿饭，就是摆三天满汉全席我都愿意！”春哥激动地说道。

宁佳笑了笑，“按照区块链的理念，是不是我应该先发个朋友圈，你点赞确认一下，然后再号召一帮人帮忙转发……”

“不用不用，你也知道区块链的效率很低，区块链解决的是陌生人之间的信任问题，我们这么熟了，直接给你手书一个欠条，签字打指纹更方便一些！”春哥赶紧说道。

“这时候你是不是应该夸奖一下，我把区块链学到家了……”宁佳继续得意地说道。

春哥赶紧轻轻地拍了拍手，附和：“此处应该有掌声！”

“有掌声，但是还不热烈！”宁佳继续逗春哥。

“姑奶奶，你先告诉我解决之道，我待会儿雇三千水军去你的微博加粉点赞，行了吧！”春哥焦急而又无奈地说道。

宁佳见自己的目的已经达到，也不再折腾春哥了，说道：“在国内，要解决公信力的问题，最直接的办法就是让大公司都用你的系统，具体到学位区块链上，你可以让一些知名的人才招聘网站，以及宏软等外企也用你的系统。如果他们都认可春链上签发的电子学位证书，那些海归自然会为签发区块链电子学位证书付费。”

春哥沉吟了一会儿，然后举起茶杯对宁佳说道：“听君一席话，胜读十年书！这样我的商业模型也就可以闭环了，用C端支付的费用来奖励签发证书的学校和记账的‘矿工’！”

“呵呵，三天满汉全席，你自己说的，可不能反悔！”宁佳得意地说道。

“君子一言，驷马难追，我们是诚信为本！”春哥高兴地说道。

“不过你也别高兴得太早，要搞定这些公司也不是一件容易的事！”宁佳又轻轻地给春哥泼了一瓢冷水。

“有志者事竟成，老话都这么说了几百年了！”春哥信心满满地说道。

“嗯，除此之外其实我还有一席话没有告诉你……”宁佳故意卖开了关子。

“好好好，洗耳恭听，让我再读十年书！再加三天满汉全席！”春哥谦逊地说道。

“呵呵，”宁佳捂着嘴笑了几声，然后说道，“现在很多公司在招人的时候，除了要验明学历的真伪，还会做工作经历的背景调查，担心候选人在工作经历上造假。这种背景调查通常是对候选人提供的联系人进行电话访谈……”

春哥立刻抓住了这中间关键点，说道：“因为这个联系人是候选人提供的，所以这个联系人的话并不完全可信！”

宁佳点了点头，“嗯，一点不错！我觉得最好的方式，就是类似于大学签发电子学位证书那样，由之前的工作单位在区块链上签发工作经历证明。”

“天！”春哥惊呼道，“你这个 idea 至少值 100 万！”

“呵呵，你说的，那就当我给你们公司投资了 100 万！”宁佳赶紧说道。

“没问题！”春哥毫不犹豫地答应，接着想了想又问道，“但是，那些公司为什么愿意签发这个工作经历证明呢？”

“这是一个付出与收获的问题。我认为一个理想的商业模型是，用人单位在春链上查询候选人的学历和工作经历是需要付费的，当然如果他在春链上签发员工的工作经历证明也可以获得收入，我们可以设计一套积分系统，用积分表示用人单位的收入和支出，这样他们就有动力去签发。当然也可以让候选人付费要求原公司签发电子版工作证明，这样整个系统的功能和商业模式就更加完备。”宁佳继续说道。

春哥想了好一会儿，然后认真地对宁佳说：“你怎么能想到这么多呢？真让我刮目相看！”

“别忘了，我本来就是学金融的，再加上这几年都是做这个领域的分析报道，眉头一皱，就计上心来。另外那句话怎么说来着，没吃过猪肉，还没见过猪跑吗？”宁佳说完又“咯咯”地笑起来。

“你真是女诸葛，要不我聘请你当我们公司的顾问？”春哥真诚地说道。

“你就别给我戴高帽子了！”宁佳说道，“我刚才说这些只能算是远期规划，近期你还是要赶紧解决融资的问题。你账上的资金还能支撑多久？”

春哥郁闷地摇了摇头，“顶多到下周！当务之急是要把融资的事先搞定！”

宁佳想了想，然后说道：“我还有一点钱放在银行理财，反正利息也不高，我取出来可以先借给你。”

春哥惊讶地看着宁佳，连忙说道：“这不行，我不能要你的钱！”

“为什么不行？就当我投资你总可以了吧！”宁佳很坚持。

“你要投资我，如果将来亏钱了怎么办？”春哥很谨慎地说道。

宁佳喝了一口咖啡，说道：“我对你们公司很有信心，肯定不会亏钱的。你看当年孙正义投资阿里巴巴不是赚了几万倍，我这是以小博大！”

戚晟终于破例参加了公司的全体会议。

春哥把这两天谈投资人的情况简单介绍了一下，然后把昨天宁佳给他的建议梳理了一下，向大家介绍了学位区块链未来的发展方向。

“我们公司才成立不到四个月，能估值到 5 000 万，我觉得已经相当不错了！”番仔首先发表意见。

“你懂个屁，那叫贱卖！就冲着我戚晟写的几行代码，公司就至少值 1 个亿！”一向很少说话的戚晟冷不丁地冒了一句话出来，直接反驳番仔。

“戚大，你不要信口开河。你凭什么说你写的代码就值 1 个亿？你也太高看自己了吧！”番仔反击道。

“你们都别吵了！”小睿跳出来维持秩序，“我说说我的看法，我觉得 5 000 万的估值的确低了点，春哥，要不找其他投资人再聊聊。虽然喜马拉雅是大基金，但是我们也犯不着为了它压低自己的身价！”

春哥点了点头，表示同意：“我想，如果实在不行，就找周围的朋友借点钱，再坚持两个月，肯定就有转机。”

“靳正洋那个老匹夫就是喜欢欺负菜鸟！”戚晟又冷不丁冒了一句出来，“老子这次就要打他的脸！你们不用找了，按 1.2 亿投后估值，我投你 10%！”

戚晟的一句话，让所有人瞬间安静下来。春哥、小睿、番仔都像看外星人一样看着戚晟。

番仔伸出手摸了摸戚晟的额头，表情搞怪地说道：“戚大，你今天是不是有点发烧，你每个月工资 4 000 块，能拿出 1 200 万？”

“戚大，我们是在认真开会，不是在头脑风暴，天马行空。我知道你也是为公司好，不过还是要务实一点！”小睿也提醒戚晟道。

春哥也点了点头，说：“戚大，谢谢你的好意……”

“我每个月 4 000 块的工资，怎么就不能拿出 1 200 万？你们怎么知道我不是富二代？万一我家里有矿呢！”戚晟苦笑着摇了摇头，说道，“你们呀，都太年轻，见识还是不够呀！春哥，把公司的账号给我，待会儿我就打钱，协议慢慢再签！”

见戚晟说得言之凿凿，大家都觉得戚晟不像是在开玩笑，但是又不敢相信这位不修边幅的大叔会是富二代。

“不过我有个要求，一定要请昨天给你支招的那位记者到公司来。说到商业变现，她比你有脑子！”戚晟补充说道。

番仔笑了笑，说道：“戚大，你就不用操心这个了，那位记者将来是我们公司的老板娘，所以请不请都是一样的！”

春哥对番仔怒目而视，说：“胡说八道！八字还没一撇呢！”

春哥这一说，番仔和小睿都偷笑起来。春哥感到莫名其妙，过了好一会儿才回过神来，原来刚才那句话暴露了自己的觊觎之心。

春哥又转过头来，正色对戚晟说道：“戚大，你真的打算投我们公司？”

戚晟缓缓地点了点头，说：“我这人最喜欢看别人感激我雪中送炭的样子，而且我从来不趁火打劫！”

戚晟这话显然是在讽刺老靳的。

“既然要做公司的股东，至少要让我们知道你的真实情况吧？”春哥继续说道。

戚晟笑了笑，说道：“其实我不姓戚，我姓伍。”

企鹅网络在北京的办公大楼位于东二环边上，交通方便，地理位置优越。

企鹅网络的投资部门有五十多人，今天的闭门会议要求所有人参加。

一位不修边幅，穿着白色体恤、牛仔裤、运动鞋的中年男子坐在会议室的主位，投资部的老大黄总坐在中年男子的下手位，毕恭毕敬地候着。

“老黄，你们开始吧，我旁听一下。”中年男子小声地对黄总说道。

“好的，好的！”黄总点头，然后大声对手下五十多人说道，“我们今天的闭门会议主要是讨论最近大家提交上来立项的区块链项目，投资经理们按顺序介绍一下项目吧！”

这时，两个投资经理小声聊了两句。一个人问：“黄总旁边那个人是谁呀？好像很有来头的样子！”

“你果然是新来的，那位就是 Alex Wu，公司的创始人之一。你现在手机上玩的那个讯聊，就是他当年主持开发的。”另一位投资经理小声回答道。

“啊，他就是 Alex Wu！我上大学那会儿，他就是我偶像！但是我怎么从来没在公司见过他呢？”这位投资经理问道。

“Alex Wu 现在很少管公司的具体事务，也很少来公司，闲云野鹤一样在全国到处看项目。”那位投资经理回答道。

介绍十个项目用了四小时以上，中年男子详细地做了笔记，一言不发，直到介绍完毕。

“Alex，你先说两句。”黄总恭敬地对中年男子说道。

中年男子想了想，点了点头，对五十多位投资经理说道：“各位，作为公司投资发展部的一员，你们肩负着探索公司未来发展方向的重任，但是今天听了你们提交立项的十几个项目，说实话，我非常失望。我甚至觉得，对于很多项目，你们只是看了 BP，根本就没有去公司实地调研过。照你们这种工作态度，恕我直言，我不敢把公司的未来交给你们！那是对公司的股东不负责，对公司的全体员工不负责！”

“我们每天接几十个项目的 BP，哪有时间逐家进行实地调研呀！”刚才那位投资经理小声嘀咕道。

“你小声点，被 Alex 听到了，立刻让你滚蛋！”旁边一位投资经理小声说道。

“前段时间遇到一个区块链项目，我在那家公司待了整整两个月，从他们的系统架构到商业模式，我事无巨细都了解得非常清楚。他们不光开发出一个区块链平台，还有一个实实在在的电子学位证书应用在上面落地。最近一个月，他们的区块链平台上已经签发了过百万份电子学位证书、注册用户超过了10万。这个项目至少甩你们刚才介绍的那些项目三条街，我说得不夸张吧。”

“哇，一个月就签发了超百万份证书，这也太厉害了……”下面的投资经理都窃窃私语起来。

“我非常看好这家公司，不光创始人技术扎实，现在它的商业模式也非常清晰。所以，我希望你们能沉下心来发现好项目，不要走马观花，对项目的研究分析都停留在面上。”中年男子继续说道。

“Alex，这个项目现在估值多少？”一位投资经理大胆地问道。

“这个问题问得好。前几天它开始融资，我们国内有位知名的投资人给公司估值5 000万，愿意投资1 000万。”

“哇，这太黑了，这不是明抢吗！”下面的投资经理又议论起来。

“Alex，让我们来投吧！”有人说道。

“对不起，你们没机会了！我给了它1.2亿的估值，投了1 200万！”中年男子笑着说道，“要自己花功夫去找项目，有首歌怎么唱来着，‘等待着别人给幸福的人，往往都过得不怎么幸福’。”伍晟幽默地说道。

下面的人又是一阵窃窃私语，有些人甚至不满伍晟因私废公。

伍晟用嘲笑的神情看着下面的投资经理，说：“你们要是觉得我这样做不合规矩，你们可以去老板那儿告我的状，不过我要告诉你们，自己平庸就不要嫉妒有才的人比你们赚钱赚得多！”

振业大厦喜马拉雅基金的总部，老靳坐在办公室的椅子上，脸色铁青，地上是摔得粉碎的白玉瓷茶杯碎片。

10 分钟前，老靳接到下属打来的电话，说春链已经接受了企鹅网络创始人伍晟天使轮 1 200 万元的投资，投后估值 1.2 亿元。

老靳开始后悔了，如果不是两天前压估值，那么直接按照春哥 8 000 万元的报价投了春链，现在可能又是另一番光景。5 年前错过了 BetaPiont，现在又错过了春链，难道这真的是命？

老靳相信伍晟的眼光，这位企鹅网络创始人看这类项目一定不会走眼，况且他竟然还在春链蹲点蹲了 2 个月！蹲点 2 个月，还有什么公司看不明白。既然伍晟愿意按照 1.2 亿元的估值投资，说明春链这家公司真的前景无限。

老靳觉得自己现在只能亡羊补牢了，于是他赶紧拨通了春哥的电话。

“小冯，我是老靳呀！听说有人按照 1.2 亿的估值投你们，你怎么也不知会我一声，什么事都好谈呀！”老靳有些责怪地说道。

“靳总，实在不好意思。这位朋友听说我要融资，就立刻打钱给我了，你也知道，我现在急须用钱。”春哥略带歉意地说道。

“哎，这事也不怨你，只怨我们基金流程太长。其实我也很看好你们公司，你看这样行不行，我们也按照这个估值，跟投 1 200 万如何？”靳总赶紧说道。

“靳总，其实你也知道，我们是家小公司，1 200 万对我们来说完全够用了，我们不需要那么多钱！”春哥委婉地说道。

“这样吧，我们跟投 600 万，要五个点也行！”老靳改变策略说道。

“靳总，真的非常感谢，你给我们这么多钱，我们暂时也用不上。”春哥依旧没有松口。春哥没有松口也是有原因的，因为伍晟明确表示不想让老靳进来。

那天下午，伍晟除了给公司账上转了1 200万，还跟春哥聊了很多投资圈的人和事，当然也包括老靳。伍晟这番谈话让春哥明白了一个道理，每轮融资的钱够用就好，千万不要贪多占便宜，因为贪多往往要付出更多的代价。

老靳挂了电话，然后长叹了一声，说："起个大早赶个晚集！"

老靳似乎又想到了什么，立刻拨通了冯北的电话。

"小冯什么时候认识伍晟的？"老靳劈头盖脸地问道，他认为冯北应该知道前因后果。

冯北刚刚知道春哥拿到了伍晟的个人投资，所以此时他也很蒙。

"我真不知道！他从来没跟我提过！"冯北郁闷地说道。

"你真不知道？"老靳有些怀疑。

"我要知道，不早就告诉你了！"冯北有些不高兴地说道。

"最好跟你没关系！"老靳不客气地说，然后立刻挂断了电话。

那天之后，伍晟再也没出现在创业咖啡，然而春哥、小睿、番仔似乎还没从震惊中恢复过来，移动互联网界一等一的大咖在公司"卧底"当了2个月程序员，竟然从来没人发现。

那天戚晟说自己其实姓伍之后，春哥赶紧在网上搜索"伍晟"，终于找到一张十几年前企鹅网络早期的"全家福"，那时候的伍晟三十出头，一副有志青年的模样，还不是现在这不修边幅的样子，不过春哥确定现在的"戚晟"的确就是伍晟。

"他果然是那个伍晟！"春哥向小睿和番仔确认道。"那个"显然指的是企鹅网络，小睿和番仔都懂。

"哎，早知道是他，我应该多向他请教一些编程的技巧！"小睿有些遗憾地说道。小睿的目标是成为一名伟大的程序员，而伍晟毫无疑问是她的标杆和榜样之一。

“难怪他还说，他写的代码就值1亿。”番仔想起那天对伍晟出言不敬，实在是不知天高地厚，但依旧有些不服气地说道，“难道我们写的代码就只值2 000万吗？”

春哥笑了笑，说：“你写的代码值1 000万，我和小睿的各500万，你满意了吧！”

番仔有点不好意思地挠了挠头，小声说道：“我不是那个意思！”

伍晟投资春链的消息很快在投资圈传开了。马上有大量的媒体人涌到创业咖啡，表示要采访春链的创始人春哥，然而这些媒体的采访请求都被春哥拒绝了，因为宁佳已经预约了对春哥独家首访。

“我有点后悔！”这是宁佳采访春哥的开场白。

“后悔什么？”春哥不解地问道。

“哎，我那天应该坚持把银行理财的钱投给你！看来我真的没有财运，机会都摆在面前了，我却没有把握住。”宁佳遗憾地说道。

春哥听罢，哈哈笑了几声，说：“看不出来，你还是个财迷！”

“你不知道，上个十年是房地产的十年，闭着眼睛买房都能赚一大笔；这个十年是股权投资的十年，就应该投资公司！”宁佳有些惋惜地说道。

“不用遗憾，伍晟说你的脑子好使，要我聘请你当顾问，还把这作为投资的先决条件！”春哥说道。

“真的？”宁佳眼睛一亮，“他真这么说？”

能被伍晟看上眼，宁佳觉得自己值了。伍晟是什么人？中国互联网巨头公司的创始人，自己能被他抬举，说明自己还是很优秀的。

春哥点了点头，说："下次你可以当面问他，他说你很懂商业变现，公司需要你这样的人才。"

宁佳得意地点了点头，说："人家为什么能成功，那是因为有眼光！"

"我想了想，那天能打动他出钱投资我们，非常重要的一点是你帮我们设计的商业模式，解决了春链如何赚钱的问题。为了感谢你，我决定赠与你 3% 的股份！"春哥诚恳地说道。

"3%？"宁佳有些不可思议地看着春哥，说："你没有跟我开玩笑吧？3% 现在可值好几百万！"

"我相信将来还会值更多，所以这个股份你一定要留着！"春哥认真地说道，"我不会亏待任何一位帮助春链成长的人。"

"你说过的话可不能反悔！"宁佳笑着对春哥说。

"君子一言，快马一鞭！"春哥肯定地说道。

原来，那天在确认接受伍晟的投资之后，春哥就立刻宣布了股权奖励计划。小睿获赠了公司 10% 的股份，番仔获赠了 5% 的股份。当然，小睿和番仔分别都与春哥签了一致行动人协议，把股份对应的表决权授予春哥，这也是为了保证春哥未来对公司的掌控。

宁佳有些感动地看着春哥，然后笑着问道："我老觉得你这是在贿赂我，说，你是不是还有别的企图！"

春哥也笑了，不好意思地挠了挠头，说："算是还有点小小的私心吧……"

第八章

现金流更重要

春链公司与某人才招聘网合作学位区块链项目，宁佳向春哥说明正向现金流比利润更重要的道理；宁佳制定的谈判策略使春哥在与某人才招聘网讨论商务合作模式时取得主动权……

伍晟带来的不仅仅是资金，还有很多春哥意想不到的资源，例如蜂拥而至的媒体报道和源源不断的投资人。

虽然春哥信守承诺把首家专访权授予了宁佳，但是宁佳很清楚，更多公共媒体宣传对春链这家还没有太大名气的初创公司来说是多么重要。于是，媒体人出身的宁佳，不仅培训春哥在媒体面前应该如何宣传春链、如何应对媒体的各种提问，同时还利用自己的资源帮助春链对接了更多的媒体。更难得的是，宁佳还抽了半天时间陪春哥去商场买了几套像样的西装。

有了伍晟的背书和宁佳的专业指导，春链在短短一周之内成为投资圈、创业圈以及链圈炙手可热的创业公司，春哥不算帅气的大头照频频出现在各大创业媒体的首页，各种创业峰会、区块链论坛也不断向春哥发出邀请，春哥成为主题演讲、圆桌论坛的热门嘉宾。

高频的曝光不仅使“春链”的知名度大幅提升，更是让各种合作资源接踵而至，最让春哥兴奋的是，全国知名的人才招聘网站的 CEO 魏英才，主动邀请春哥谈合作事宜。

这家互联网人才招聘网站每年的应聘人数超过了 8 000 万，而在该网站上发布招聘启事的公司超过了 500 万家，是当之无愧的行业老大。

按照之前与宁佳讨论的发展策略，与大型人才招聘公司合作，建立学位区块链和工作经历区块链在行业内的公信力是春链现阶段急需解决的问题。因此，接到魏英才的主动邀请之后，春哥带着小睿和番仔欣然赴约。

魏英才四十多岁，身材高大、外貌儒雅，显得干练而睿智，给春哥的团队成员留下很好的印象。双方分宾主落座，魏英才安排秘书上茶，双方便开门见山地聊了起来。

“冯总，不瞒你说，我们网站上有大量雇主希望我们能帮忙核实职位候选人学历、经历的真实性，之前我们一直苦于找不到好方法。上次参加创业论坛，听你介绍了贵司的学位区块链和工作经历区块链，我觉得这个想法非常好，所以今天约你们到公司来聊聊，看大家能不能尽快合作！”魏英才首先表明了自己的诉求。

春哥在硅谷工作的时候接触了很多客户，得到的经验是，如果客户自己有痛点，而你的产品正好可以解决对方的痛点，那么接下来的合作将很容易。

春哥点了点头，说道：“魏总，我也实话实说，其实我们一直想与贵司合作，春链的学位区块链和工作经历区块链非常适合贵司这类人才招聘网站，方便网站追溯核实候选人信息的真实性。国内的学位证书可以在教育部的网站上查询，但是国外没有统一的网站可供查询。而我们学位区块链上的电子学位证书是由校方签发的，加之，区块链信息很难篡改，可以确保我们的电子学位证书真实有效。我看了看数据，截至昨天，在我们区块链平台上签发的电子学位证书已经超过 130 万份，每天的查询量也超过了 30 万次。”

“但是有个问题，我们网站上应聘的候选人有几千万，你们区块链上只有一百多万份证书，意味着大部分候选人的电子学位证书都查不到。”魏英才继续问道。

“小睿，你来回答这个问题吧！”春哥对小睿说道。

“这个不是问题，我们现在接入的国外学校已经超过了 300 所，可以这么说，国外知名的院校都接入了。我们给这些院校提供了一套基于区块链的电子学位证书的签发工具，候选人下载安装我们的 App，随时可以向学校提交签发电子学位证书的申请。”小睿有条不紊地说道。

“申请签发电子学位证书需要收费吗？”魏英才想了想，问道。

“之前推广期申请签发电子学位证书是免费的，但是从这个月开始就要付费了，毕竟学校签发证书以及区块链节点记账都要支付费用。”小睿继续说道。

“哦，”魏英才点了点头说道，“费用大概是多少？成本大概又是多少？”

春哥之前了解过魏英才的背景，他是会计出身，难怪没聊两句就要开始算账了。

“签发一份电子学位证书的定价是 200 块，我们的成本在 100 块左右。”小睿回答道。

“毛利率 50%，运营成本主要是人工和房租，我估算你们的净利润率大概在 30% ~ 40%。同时，你们又是轻资产项目，可以快速扩张，费用都是预付，所以现金流会很好，果然是一门好生意！”魏英才脱口而出，把春链的财务模型做了一个大概的分析。

春哥笑着点了点头，心想，遇到一位会计高手，算账果然比一般人快不少。

“冯总，每年在我们网站上找工作的人有几千万，其中海归接近 200 万，这个数字以每年 30 万的速度递增。为这些海归候选人提供这项服务，我保证至少可以做到 30% 的转换率，每年可以给你导流 60 万~ 80 万用户，那么每年可以产生大概 6 000 万到 8 000 万的利润……”魏英才语气平稳地说道。

听魏英才这么一说，春哥、小睿和番仔互相对视，立刻都有些心潮澎湃。

春链公司就这三个人，每年产生几千万的利润，那岂不是一年以后每个人都可以成为千万富翁了。

看着小睿和番仔激动的神色，春哥还是努力让自己保持镇静，一是不能让魏英才看低了自己，二是实际情况可能并不像魏英才说的那么乐观。

“魏总，你估算的是不是过于乐观？”春哥想了想说道。

“冯总，不瞒你说，我以前是做会计的，所以算账我很在行。我觉得这个估算有充分依据。即便我把刚才的估算打个对折，每年的利润也在 3 000 万以上。”魏英才语气肯定地说道。

春哥把魏英才刚才的话又细细盘算了一下，发现魏英才的估算的确没有夸大其词，毕竟他们的招聘网站有这么大的用户基数，所谓流量为王，就是这个道理。

这时候，小睿和番仔都一个劲儿地跟春哥使眼色，意思是让春哥赶紧答应下来，这可真是一个千载难逢的机会。

春哥沉吟了一会儿，然后问道：“魏总，那我们接下来怎么合作呢？”

魏英才想了想，说道：“至于具体合作细节，我让外联部的同事跟你们对接。我初步的想法是，两家公司的系统对接，我们在网站上添加申请签发电子学位证书的功能，候选人在填报资料的时候可以使用这个服务，我们会给用人单位优先推荐具有电子学位证书的候选人，同时也会给候选人标注为学历认证通过，类似微博中认证通过的博主都会标注 V……”

听魏英才这么一说，春哥、小睿和番仔都不由自主地点了点头，这个合作方案切实可行。

“怎么结算费用呢？”番仔迫不及待地问道

“我们的网站、App 都有完备的结算系统，我们会要求候选人先付费，然后我们才去申请签发学位证书。因为是在我们的网站和 App 上支付，所以这个费用会先进我们的账户，我们公司每个月向你们公司出一份结算单，等你们核实确认之后，我们就支付费用给你们。”魏英才接着说道。

春哥听完了，点了点头，说道：“我明白了！”

“关于结算周期，我们希望是双月结算，毕竟我们公司的业务量比较大。如果结算周期太短，我们的会计也忙不过来，双方也会多很多事。冯总，你认为呢？”魏英才看着春哥说道。

“好的，我明白了，这个问题我们回去再商量一下。”春哥没有立刻答应魏英才，他向来做事很谨慎，第一次见面自然不会贸然地答应对方的请求。

临别的时候，魏英才态度诚恳地对春哥说：“冯总，我们公司是诚心跟你们合作，我们认为你们的技术可以极大地帮助我们解决技术上的难题，希望你们尽快做出决定，我们也尽快启动双方的合作！”

回到创业咖啡，春哥、小睿和番仔三人立刻召开圆桌会议，讨论与合作的相关事宜。

“春哥，我觉得跟大公司合作就是好，动不动就是几千万的项目！”番仔迫不及待地发表自己的意见。

春哥又看着小睿，问道：“小睿，说说你的看法吧！”

“我觉得魏总人比较实在，这家网站也是行业龙头，跟这种大公司合作对我们将来的发展肯定是有帮助，他帮我们导流用户，直接解决了我们获客的问题……”小睿分析道。

三人正在热烈地讨论，突然听到轻轻的敲门声，三人朝门口看去，只见身着碎花长裙的宁佳正身姿婀娜地站在门口。

“呵呵，老板娘来探班了！”番仔用胳膊肘推了推小睿，小声说道。

小睿笑了笑，小声回答道：“你嫉妒啊！”

“没打扰你们开会吧？”宁佳站在门口探着身子问春哥。

“不打扰，请进，请进！”春哥赶紧起身请宁佳就座。

番仔很知趣地端了一杯水，放在宁佳面前的桌上，笑着说道：“欢迎嫂子亲自来检查工作！”

宁佳一听，脸一下就红了，不好意思地低下头。

春哥不满地看了番仔一眼，然后对宁佳说：“别理他，这家伙就经常信口胡诌！你今天来有事吗？”

宁佳整理了一下情绪，脸也没那么红了，才抬起头来对春哥说道：“我们报社搞了一个互联网青年创业家高峰论坛，想邀请你作为嘉宾发表主题演讲。”

春哥还没发言，番仔就赶紧说道：“这个肯定没问题，咱们春哥现在作主题演讲驾轻就熟，现在一周得讲好几场！”

听番仔这么一说，宁佳忍不住笑了，对春哥说：“知道你现在是大忙人，我们社长还叮嘱我一定要邀请到你。这次论坛级别很高，你一定要认真准备，多讲一些干货！”

“嫂子，你放心，你布置的任务，春哥肯定不敢怠慢！”番仔又笑嘻嘻地说道。

春哥被番仔搞得哭笑不得，对小睿说道：“下个月发工资，你给番仔打五折！”

“春哥，你这是公报私仇！我现在好歹也是公司的股东，反对你任意克扣员工工资！”番仔不满地说道。

小睿这笑着说道：“是啊，春哥，公司章程上也没规定员工说错话要被扣工资，你这么做法涉嫌违反《劳动法》。”

春哥笑着点了点头，说道：“你们现在翅膀都硬了，都是以股东的身份来跟我谈判了是吧！”

“大记者，你评评理，我说的没错吧！”小睿转向宁佳求助。

宁佳笑了笑，说道：“作为股东，我也反对随意克扣员工工资！”

小睿和番仔相互看了一眼，心想这位老板娘还挺会拉拢人的，看来春哥真是好眼光。

春哥赶紧打断这帮人的插科打诨，对宁佳说道：“论坛具体日期是哪天？”

这时候，番仔又小声地对小睿说：“这种事打个电话、发条微信就可以了，哪用亲自跑一趟……”

小睿做了一个看手表的动作，笑着说道：“你呀，就是神经大条，也不看看现在几点了！”

番仔一琢磨，忽然恍然大悟，小声地笑着说道：“我是不是该帮春哥在塞纳河法国餐厅订个靠窗的位置，然后准备一瓶 05 年的拉菲，将功补过？”

宁佳向春哥讲了讲当天会议的议程，然后又好奇地问道：“刚才我看见你们聊得热火朝天，在聊什么呢？能旁听吗？”

“你是公司的顾问兼股东，正好帮我们分析分析！”春哥说道。自从上次宁佳帮忙把公司的商业模式梳理了一遍后，春哥就越来越重视宁佳的意见。

春哥让小睿把上午跟魏英才讨论合作的事，向宁佳简单地说了一遍。

“你怎么看这件事？”春哥看着宁佳，认真地问道。

宁佳想了想，然后说道：“在说我自己的看法之前，我先问大家一个问题，你们觉得什么样的生意才是一桩好生意？”

“当然是能赚钱的生意！”番仔立刻说道。

小睿也点了点头，说：“嗯，我也认为有利润的生意才是好生意，当然前提是合理合法。”

“春哥，你呢？”宁佳又转向春哥问道。

“我也这样认为，但是你肯定有不同的观点。”春哥说道。

“那我再问一个问题，什么公司是一家好公司呢？”宁佳没有给出之前那个问题的答案，而是问了一个新问题。

“开公司都是为了赚钱，当然能赚钱的公司就是好公司！”番仔继续抢答，小睿和春哥都表示赞同。

“亚马逊从1997年上市到现在，股价涨了1 000多倍，但是这家公司长期亏损，利润是负数，你们说这家公司是好公司还是差公司？”宁佳继续发问。

“呵呵，我刚才说赚钱的公司是好公司，但没说好公司都是赚钱的，”番仔灵机一动，开始跟宁佳玩起了文字游戏，“所以亚马逊虽然不赚钱，也不妨碍它成为一家伟大的好公司！”

“番仔，你这是狡辩，强词夺理！”小睿批评番仔。

“我觉得番仔的话虽然像是狡辩，但是从逻辑上分析是没有问题的。”春哥很认真地说道。

“春哥，你是在国外待的时间太长了！”小睿笑着说道。

“先不说番仔是不是强词夺理，我们首先要肯定亚马逊是一家好公司，但是既然这家公司不赚钱，前几年每年还亏几亿美元，它又好在什么地方呢？大家有没有想过？”宁佳继续问道。

“嫂子，你就别卖关子了，直接说吧！”番仔被宁佳一个接一个的问题，问得糊涂了。

宁佳知道番仔口无遮拦，对“嫂子”这个称呼也就不再计较了，说道：“其实现在评价一家公司的好坏不仅仅看公司的利润，更看重公司的现金流，甚至有人说现在现金流变得比净利润更重要。”

春哥、小睿和番仔都没听过的宁佳这个说法，他们都一门心思搞技术，对经济方面的问题知之甚少。

“亚马逊从 1997 年上市以来，基本处于亏损状态，但是大部分时间，这家公司的现金流都非常好，这几年，每年的经营活动正向净现金流都超过了百亿美元，”宁佳继续说道，“正向净现金流就是公司账上用于经营活动的钱变多了。”

“哦，奇怪，这家公司明明是亏钱的，为什么用于经营活动的钱还会变多？”小睿忍不住开口问道。

“其实不难理解，比如你开了一家小卖部，你要求厂家先把商品放在店里，等商品卖掉了再给厂家付钱，或者你要求商品卖出去三个月之后才把钱给到厂家，那么即便你卖出的商品是亏钱的，但是你账户上的钱是在变多的。”宁佳回答道。

“我觉得还是有问题，因为这个钱迟早都要给厂商，如果我每卖一件商品都要亏钱，那小卖部最终还是要关门呀！”春哥也很难理解为什么现金流比利润更重要。

“春哥，假设你的小卖部一个月的营业额是 20 万，但你亏了 1 000 块钱，你给厂商的货款每两个月结算一次，那么你账上会一直有两个月的货款。我们假设这两个月的货款是 40 万，你可以把 40 万放在银行理财，如果有年化 6% 的利率，那么这 40 万的收益完全可以弥补卖货每月 1 000 块的亏损。而且营收规模越大，你手上的货款越多，你赚的钱就越多；反过来，如果小卖部对厂商是现款现货，而你的顾客常常要赊账，最后的结果是你表面上每个月是赚钱的，但是现金流是负的，你每个月要自己贴钱进去，那么当小卖部大到一定规模，你再也拿不出钱往里面贴，这个小卖部就只能关门了。”宁佳举例说道。

听宁佳这么一说，春哥似乎明白了什么，于是问道：“你的意思是，跟这家网站合作会影响我们的现金流？”

宁佳点了点头，继续说道：“按照他们的说法，一年可以给你导流 60 万用户，平均下来每个月 5 万，这 5 万用户申请签发电子学位证书的成本是 100 块，这 100 块是要支付给学校和‘矿工’的，你可以算一算，咱们公司每个月至少需要先支付 500 万给学校和‘矿工’，两个月就是 1 000 万。如果对方两个月跟我们结算一次，注意，是两个月过完了才开始结算，加上双方对账、出结算单、开票、付款的时间，差不多要半个月吧，算下来公司差不多要先贴上两个半月的资金，也就是 1 250 万，你把这次融来的钱全部贴进去都不够！”

宁佳简单地给大家算了笔账，春哥终于明白了这中间的问题，看来创业只懂技术不懂财务也不行。

“如果他们及时把款支付给我们，那这个问题是不是就解决了？”小睿问道。

“考虑问题肯定要做最坏的打算。如果他们付款不及时呢，那公司岂不是随时都会倒下？俗话说‘君子不立于危墙之下’，你们也不想每天过得提心吊胆吧！很多公司倒闭，很重要的原因是因为资金链断裂。”宁佳回答道。

春哥、小睿和番仔都点点头。的确，如果公司天天都如履薄冰，那大家都无法安心工作。

“再说一点，如果你们把公司的资金都砸到了这个项目上，那还有钱开发别的项目吗？”宁佳又继续问道。

春哥摇了摇头，说道：“不能把鸡蛋都放在一个篮子里，把公司所有的资金都砸到这个项目上，的确风险很大。”

“但这么好一个机会，我们也不能放弃呀！”番仔有些着急地说，生怕春哥否定这个项目，不跟这家网站合作了。

“宁佳，你有什么好建议吗？”春哥向宁佳询问道。

“最好的办法就是让他们预存一笔钱到咱们公司，签发电子学位证书的费用从预存的这笔钱里扣除，等到钱扣完了，让对方再预存一笔，这样可以保证我们的现金流为正。”宁佳想了想说道。

“哦，这倒是个好办法，我怎么就没想到呢？”番仔拍了拍自己的脑袋。

宁佳冲小睿点了点头，说道：“这种模式还有一个好处是可以防止坏账，因为客户都是先付费后使用，所以不用担心客户赖账。”

“但是如果对方不答应呢？毕竟他们是大公司，比我们强势。”小睿继续问道。

“这其实是双方博弈的问题。他们是大公司并不代表他们就强势。现在国内只有我们才能提供这种服务，如果它不同意这种合作模式，那它找不到第二家可替代的合作方，而我们就不同了，不跟它合作，还可以找其他招聘网站……从这个角度来说，我们比它强势！”宁佳说出了自己的观点。

“听君一席话，胜读十年书呀！”小睿感叹道。

春哥笑了笑，说道：“我已经读了三十年书了！”

宁佳谦虚地笑了笑，说：“我不过是看过的案例比较多，既然魏总是会计出身，我想对于这些账，他肯定算得比咱们精，所以跟他谈判不是件容易的事。谈判中需要一些技巧，比如我们为了保证正向现金流，可以把利润部分多分一点给对方，只有互利互惠，这个生意才能长久，春哥你说是吧！”

“哦，受教了！”番仔情不自禁地鼓起掌来，然后对春哥说道，“春哥，如果你今天不请嫂子吃法国大餐，我们都看不过去了。是吧，小睿姐！”

小睿赶紧点头，表示附和，说：“一定要吃三星米其林的法国大餐，不然不足以体现我们的诚意！”

小睿和番仔都帮忙铺垫好了，春哥再老实本分也知道这个时候要赶紧顺着杆子往上爬，于是说道：“宁佳，要不今天赏个脸，让我代表公司表达一下感激之情。”

宁佳笑了笑，说道：“其实作为公司新加入的股东，我也算是公司的一员，要不今天我做东请大家吃饭！”

“那不行，”番仔笑着说道，“春哥赠与你的股份是彩礼，一码归一码，今天必须春哥买单！不好意思，今晚我有约，就不当灯泡了！”

春哥再次与魏英才见面是在两天以后。在这两天中，宁佳一直协助春哥研究他们的情况，还好这家网站是在新三板挂牌的公司，公司的招股说明书、历年的中报和年报都很齐全。经过两天的研究分析，春哥对它的了解又深入了一些。

见面还在是魏英才的办公室。不过这次会面比较正式，魏英才把公司外联部、业务部、财务部的相关人员都叫来一起参会，而春哥则带了小睿一同前往。

“冯总，对我上次提出的合作建议考虑得如何？”魏英才开门见山地问道。

“能跟贵司合作，对我们双方都有利，所以我们没有任何意见！”春哥也表明自己的态度，确定今天谈判的基调。

“那么，由我们外联部的张总具体说说合作的方式吧！”魏英才看向他旁边的一位管理人员。他就是该人才网外联部的张总，主要负责公司的对外合作。

“好的，这份是我们初步拟定的合作框架，请两位过目。”张总拿了两份材料分别递给春哥和小睿。

春哥仔细看了看，然后对张总说道：“张总，对这份合作框架协议，我基本没意见，但是对于费用结算的方式，我希望贵司能采用预付的方式。”

春哥这么一说，明显让魏英才和张总感到意外。张总愣了一下，才继续说道：“冯总，我们公司对外合作从来都是后付费，没有预付费的模式。”

春哥笑了笑，从容不迫地说道：“魏总，你们是大公司，我们是初创的小公司，如果你们用后付费的模式，那我们可垫不起这个钱，毕竟签发学位证书时，我们当即就要把签发费用支付给校方和‘矿工’的。”

“冯总，谁都知道你们背后的大金主是企鹅网络的创始人，刚才融了1 200万元，怎么可能没钱呢！”魏英才笑了笑，显然已经了解过春哥的情况。

“魏总大概也知道，我们公司现在还在创业咖啡馆办公，为了省钱，都没有租自己的办公室。你也知道，创业不容易，那点钱我们都是省着在用。”春哥笑着回答。

“冯总，和你们公司相比，我们公司虽然算是大公司，但是我们的现金流也不宽裕，做生意讲求互惠互利是不是？”魏英才还是不想放弃，开始游说春哥，“我们免费提供流量，你也知道现在互联网流量有多贵，像我们这种精准的用户流量，一个算50块不过分吧！”

春哥笑了笑，心想这个魏英才不不愧是个算账高手，继续说道：“魏总，我看过你们中报，今年上半年的净现金流是6 000万元，你们的现金流比我们可强太多了！”

春哥这么一说，魏英才才醒悟过来，春哥也是有备而来，于是哈哈笑了几声，然后说道：“要不这样，冯总，你们公司在业务上与我们公司紧密相连，我也很看好区块链未来的发展方向，我按照这轮的估值再投1 000万给你，补充你们公司的现金流。”

魏英才这个建议让春哥始料不及，春哥发现魏英才果然是个商场老手：你不是说你缺钱吗，那我就投钱给你。你要是拒绝，那就表明你其实不缺钱；你要是接受，我就明摆着占了你的便宜。因为所有人都知道，伍晟投了这家公司，这家公司的估值马上又会涨一倍。

春哥着实被魏英才这招给将住了。

这时候小睿挺身而出，说道："魏总，我们今天是来谈业务合作的，如果你想投资股权，那等下一轮融资的时候再谈，我们非常欢迎。但我们肯定不能接受后付费的方式，我们是家初创的小公司，传出去说你们以大欺小也不太好听。"

小睿的话软中带硬，让魏英才注意到小睿不是个善茬。魏英才笑了笑，说道："冯总，如果你们是这个态度，那我们双方就难以合作了。"

换作以前，在魏英才的威逼利诱之下，春哥可能就妥协了，但是这两天宁佳反复跟春哥推演过，他明白达成双方的合作是魏英才的底线，所以春哥今天非常有底气。

春哥笑了笑，说道："魏总，我听说你们下个月要做一轮定增（定向增发股票），现在有好几家战略投资人正在询价，如果你们在这个时候成为全国首家上线区块链电子学位证书验证的互联网人才招聘公司，那么对你们的定增询价一定有很大的帮助吧！仅仅是蹭上了区块链这个热点，至少可以让每股的定增价格上涨一元，3 000万股的定增就多了3 000万，这么算，预付一两百万还是很划算的。"

春哥刚说完，小睿就一脸诧异地看着他，心想春哥什么时候变成一位投行专家了。说实话，两天前的春哥肯定说不出这么专业且能直击魏英才痛点的话，但是现在春哥身边多了一个懂金融的顾问、一个善于分析对手的宁佳。

魏英才的脸色瞬间缓和下来。的确，有了区块链以及电子学位证书这两个概念，公司最近一轮的定增股价可以上涨不少。这个念头在魏英才脑海中还只是个雏形，没想到今天却被春哥分析得明明白白。

“跟我们合作，单是电子学位证书这一个业务就可以为你们增加至少 2 000 万利润，按照贵司现在 20 倍的 PE（市盈率）值，2 000 万利润可以让你们的市值增加 4 亿。魏总，你是会计出身，算这个账应该比我厉害吧！”春哥继续说道。

魏英才立刻哈哈大笑，忍不住鼓起掌来，说道：“冯总，你实在太厉害了，我都没想到的好处，你全都替我想清楚了！我实在是佩服，佩服！”

“那合作的事，你怎么考虑？”春哥趁热打铁地问道。

“那还能怎么考虑，就按你说的办，我们预付 100 万！”魏英才笑着说道。

听魏英才张口就说预付 100 万，小睿惊讶得眼珠子都差点掉出来，连忙用胳膊肘推了推春哥，暗示他应下来。却不想，春哥摇了摇头，不紧不慢地说道：“魏总，你们是大公司，也别这么小气了，先预付 200 万吧！”

小睿目瞪口呆地看着春哥，心想这家伙什么时候变得这么贪婪了。此刻春哥心里一个劲儿地对宁佳赞不绝口，因为今天谈判的所有套路都是宁佳教他的，再看看此时魏英才的表情，春哥判断，这事儿基本是成了。

“冯总，你实在是个谈判高手，你创业太可惜了，我觉得你应该去搞外交！”魏英才毫不吝啬对春哥的赞美，然后转头给那几位下属说道，“咱们就按冯总的意见办吧！”

“不过冯总，我有个要求，我计划下周举行一个战略合作的签约仪式，到时候麻烦你务必出席。”魏英才也是个任何时候都不忘提条件的人。

春哥笑着说：“这对我们也是一个很好的宣传机会，我一定到场！”

之前小睿以为这会是一场非常艰苦的谈判，没想到被春哥两三句话就搞定了，实在让她喜出望外。

“这些谈判手段是不是嫂子教你的？”小睿小声问道。

春哥呵呵笑了两声，小声说道：“你以为那天晚上的法国大餐是白吃的？”

春哥又回想起那天晚上宁佳对她说的那番话，暗自感叹宁佳真是一位女诸葛，看来伍晟看人的水平真的很高。

第九章

多元化之殇

春哥主张专注做好学位区块链项目，番仔却希望能实现区块链应用的多元化，两人意见不统一；番仔误入歧途，抵押股份投资游戏区块链公司被骗，春链公司门口出现了“陌生人”……

起初，在所有人看来，春链与魏英才的合作，只是一次普通的商业合作，春链获得学位区块链的用户以及更加充足的现金流，魏英才给自己的客户提供更好的服务。但之后两家公司合作产生的效应远远超过了当初的设想，这再次印证了商业社会一加一远远大于二的常识。

合作的第一个月，这家人才招聘网站给春链带来了四万名付费用户，这份优异的成绩单让魏英才和春哥都目瞪口呆。魏英才怎么也没想到跟这家初创小公司试探性的合作，竟然一下子给他带来了800万的收入和200万的利润，他第一次感到赚钱是一件轻松容易的事，而之前赚钱的方法真是又蠢又笨。

同样，当魏英才让会计把200万的利润款打给春哥的时候，春哥一度怀疑是对方打款的时候多输入了一个零，但是在小睿反复核对业务数据、确认利润是200万之后，三个人眼睛直直地盯着电脑屏幕，十分钟都没有说一句话。

200万！合作的第一个月就产生了这么高的利润，这让双方对后续的合作充满了信心和期待，魏英才甚至产生了并购春链的念头，然而片刻之后，他很明智地打消了这个念头。

国内的区块链项目虽然多，但真正能落地应用还能赚钱的却凤毛麟角，所以当下的春链公司已经成为众多互联网巨头追逐的目标。魏英才的公司凭借现在与春链良好的合作关系，或许能在春链下一轮融资中争取到一个跟投权，至于并购春链的念头，只适合魏英才闲暇时想想而已。

伍晟兴奋地在朋友圈发了一张与春哥的合影，配文说："我投资的区块链初创公司，第一个月试商用利润就达到 200 万元，两个月前有投资人只愿意给 5 000 万元的估值。拜托想捡漏的投资人，出门左拐古玩城，不送！"很快有好事者留言或者私信问伍晟，那位给出 5 000 万元估值的投资人究竟是谁。

老靳虽然看不到伍晟的朋友圈，但伍晟相信一定会有人截图发给他，这是赤裸裸地打脸。多年以后春哥感叹道：写程序时的伍晟是一位入定的高僧，两耳不闻窗外事；闲来无聊的伍晟像一个调皮的熊孩子，四处打别人脸。

春链超强的盈利能力瞬间引爆了投资圈，各个投资机构蜂拥而至，有的机构直接把公司的估值从 1.2 亿元人民币提到 1.2 亿美元；有的机构只要跟投五个点，让春哥随便估值。面对近乎疯狂的投资机构，一向淡定的小睿都变得有点膨胀，只有春哥始终保持冷静，因为春哥知道，这个时候拿更多的钱只会让团队失去理智，迷失方向。

春链引爆的不止是投资圈，还有猎头圈。

最近一周，小睿和番仔每天都会收到十几家猎头公司挖人的电话，给的条件是年薪百万起步，还有不低于十个点的新公司股票或者期权，就连老东家宏软的 HR 也主动联系小睿和番仔，试探他们愿不愿意重新回宏软主持区块链平台的开发。

"春哥，我和小睿姐现在的薪资待遇，按市场行情都是百万年薪起步，你是不是也给我们涨点工资呀！"番仔端着咖啡杯走到春哥面前，开玩笑地说。

"哦，是吗？涨工资明年再说。不过为了安抚你们二位，我决定把你们的餐补从每月三百五提高到四百五。"春哥敲着键盘笑着说道。

“春哥也忒小气了，现在 100 块钱还不够喝三杯咖啡！”番仔摇了摇头。

“别说我小气，我转条新闻给你们俩。北京、上海和香港等城市都出台优惠政策吸引区块链人才。番仔你以前不是埋怨不能落户、不能买房买车吗？现在 A 区出台政策，只要是区块链人才可以直接落户，并且可以享受每年 10 万元的租房补贴，这比我给你加薪来得更实惠吧！”春哥笑着说。

“真的？真的可以落户？”番仔一边说一边拿起手机认真地看了起来。

小睿拍了拍番仔的肩膀，笑着说：“你现在都是区块链高级人才了，落户很有希望！”

小睿话音刚落，就听见门口有人问：“请问，春链公司是在这儿吗？”

三人循声望去，只见一位四十岁左右的中年男子和一位二十多岁的年轻人站在门口，这两位看上去既不像是投资机构的，也不像猎头公司的。

春哥站起身来，对二人说道：“这里是春链公司，请问二位是？”

“你好，我们是 B 区科技局的，我姓赵，这位是我们的刘局长。”那位年轻人介绍道。

春哥看了看中年人，又看了看年轻人，纳闷地说道：“二位来有什么事吗？”

中年男子笑着对春哥说道：“你就是春链公司的冯总吧，久仰大名呀，没想到你这么年轻。我今天和小赵过来，主要了解一下咱们春链公司在创业方面有没有遇到什么困难，需要我们协助解决的？”

春哥听了更加纳闷了，心想，我们公司明明注册在 A 区，为什么 B 区科技局来了解情况。

春哥还是赶紧把刘局长和小赵迎到玻璃房里面，安排番仔端茶送水。

“冯总，咱们春链公司现在是区块链方面的明星创业公司呀，我前两天看了新闻报道，得知春链公司还在咖啡厅办公创业，这是我们对创业公司的扶持工作做得不到位呀！所以今天来，一是看看公司在创业方面有没有什么问题，我们可以协助解决；第二是我们区搞了一个区块链的创业空间，专门为你们公司预留了半层的办公室，诚挚邀请你们去看看。”刘局长诚恳地说道。

“半层？”番仔把两杯茶放在刘局长和小赵面前，惊讶地说道。

“嗯，半层大概有 600 多平方米，如果你们觉得不够，可以把整层都留给你们！”刘局长赶紧补充道。

春哥赶紧笑着说道：“刘局长，谢谢你们！你也看到了，我们公司现在就 3 个人，600 平方米对我们来说实在太大了！”

“哎，这不要紧，你们公司处于高速发展期，员工很快就会增加，600 平方米一点不大！我知道了，你们是担心房租太高是吧？你大可放心，对于贵司这种优秀的初创企业，我们前三年都是免房租的！”刘局长赶紧说。

小赵也跟着补充说道：“我们的创业空间在我们区的中心地带，交通很方便，旁边五十米就是地铁站。而且对于贵司的员工，我们区还提供廉租房……”

“你们解决户口吗？”番仔忽然想到刚才春哥说 A 区可以解决户口。

“我们专门留了 10 个进京户口指标，肯定没问题！”刘局长爽快地说道。

“春哥，又有免费办公室，还可以解决户口，这简直太好了！”番仔兴奋地对春哥说道。

春哥想了想，对刘局长说道：“政府提供这么好的条件，我们作为创业者非常感谢，但不知道对我们公司有什么要求吗？”

刘局长笑了笑，说："不用谢，这都是我们应该做的。其实我们只有一个小小的要求，就是希望你们能把公司注册地迁到我们区，只要你们迁过来，区里不仅有资助资金，还有配套的税收优惠政策……"

春哥跟刘局长和小赵聊了大半个小时，终于明白了。原来 B 区要打造科技创业示范区，希望引入一些优秀的初创企业，科技局就是负责这事的。

那位小赵密切关注初创企业的动态，偶然看到了一篇关于春链的报道，发现这家非常火爆的区块链公司竟然还在咖啡馆里创业，当天就向科技局领导汇报了此事，科技局非常重视。第二天，刘局长就亲自过来邀请春哥入驻 B 区的区块链创业空间。

B 区开出的优厚条件让春链的创始团队无法拒绝。同时，科技局的领导也很明智地意识到，如果把春链这样的明星公司迁入 B 区，无疑会对 B 区打造科技创新区的规划产生很好的示范效应。

一周后，春链入驻 B 区的区块链创业空间，番仔的户口问题也在一周内得到了解决。区政府的官方网站还专门对此事做了新闻报道，一方面是体现区政府对初创公司的扶持、对科技人才的重视；另一方面也在为区块链创业空间做宣传和推广，春哥也被科技局评为区块链创新的领军人才。

春哥对领军人才的称号并不在意，但是区政府的宣传却给春链公司带来了另一个好处：番仔收到的应聘简历暴增，甚至还有很多以前宏软的同事想进春链公司。

"春哥，你说我们公司的工资也不高，为什么这么多人宁愿降薪也要进来呢？"上午小睿刚面试完三个应聘者，很纳闷地问春哥，"就说刚才这位吧，清华大学计算机系的高材生，在大公司做过研发工程师，月薪两万，刚才说如果能进我们公司，月薪八千都接受。”

春哥笑了笑，说道：“事出反常必有妖。我以前听说企鹅网络总监级别以上的员工出去创业，光靠刷脸就能拿到五百万元的融资……”

听春哥这么一说，小睿恍然大悟，说：“因为工作背景有用！现在咱们春链是国内区块链领域的明星公司，如果咱们的员工出去从事区块链的创业，在投资机构眼中一定会加分！”

春哥点了点头，对小睿说道：“你说得很对，所以你在招人的时候一定要小心，要小心甄别那些只想来短期镀金的人，说实话，我更愿意培养那些刚毕业的大学生……”

小睿接着说道：“刚才有一位小伙子来应聘，他去年刚从北京大学毕业，能力和素质都不错，但是前后已经换了三份工作了。”

“你有没有问问原因？”春哥问道。

“第一份工作离职的原因是专业不对口；第二份工作是认为领导对他不重视；现在这份工作吧，说是公司未来的发展潜力不大……”小睿把那位小伙子离职的原因简单地说了一遍。

春哥笑了笑，摇了摇头说道：“年轻人有追求是好事，但更重要的是能沉下心来做一件事，心猿意马是很难成功的。当然，有很多人一开始就想做大事、想引起领导的重视，这种想法不是不对，但是也要先证明自己能把小事做好才行呀！”

说到这儿，春哥想起一件往事，笑着对小睿说道：“我记得当年跟你一起进实验室的本科生一共有五个人，龚教授让我们每位导师挑一名，你知道我为什么挑中你吗？”

小睿笑了笑，摇了摇头说：“不知道。我当年编程能力不算出众，也不是能说会道的人，还担心自己没人要，你说说，当年你是如何慧眼识珠的！”

“我知道！”番仔插话道，“因为其余四位都是男生！哈哈……”

“去你的！”小睿怒视番仔，春哥的表情也变得不友善，番仔赶紧收声。

“我记得有天晚上，实验室组织大家打网球，我们几个在场上打球，你们这批本科生都在场下休息。当时我注意到其他人都在埋头玩手机，只有你一直在帮忙捡球。”春哥说道。

小睿听了，忍不住哈哈笑起来，说：“是有这么回事！但是，春哥呀，你有没有想过，或许那天晚上我手机正好没电了呢？”

春哥点了点头，说道：“那倒也有可能，如果真的是那样，说明你运气好，我只能恭喜你了！话又说回来，我很好奇，你那天真的是手机没电了吗？”

“呵呵，这个问题的具体原因吧，暂时不方便透露……”小睿故意卖了一个关子，“不过我觉得这倒是个反映蝴蝶效应的好案例。你想，如果那天我不主动捡球，我就没机会成为你的徒弟；如果我们不是师徒，你创建春链就不会拉我当合伙人；如果我不是合伙人，番仔也不会加入春链公司；如果番仔不在公司，就不会误打误撞把伍晟招进来；如果伍晟没进公司，自然也就不会投资我们……”

听完小睿的分析，难得安静地坐在旁边的番仔忍不住唱起来：“这么说来，春链能有今天，只是因为在人群中多看了你一眼。”

春哥点了点头，说道：“往往就是一些不起眼的小事改变了一个人的人生境遇，虽然这些小事看似偶然，但偶然之中也有必然。如果不是那种主动的人，即便那天晚上小睿手机没电，她也可能会借一个充电宝，一边充电一边玩！”

听春哥这么一说，番仔叹了一口气，说道：“如果当时是我，可能真的借个充电宝躲一边玩去了！”

小睿听了，忍不住笑了起来，拍了拍肩膀对番仔说道：“你的人生境遇是遇到了我，我是你的贵人！”

番仔笑了笑，拱了拱手对小睿说道：“睿贵人，受我一拜！”

“别开这种玩笑！”小睿觉得这个称呼听上去很别扭。

从创业咖啡搬到创业空间，办公环境好了不少，但春哥遇到了另一个问题：应酬太多了。

春哥发现，自己每周都有一两天在忙活这些事，已经不能安心写程序了，于是春哥跟小睿和番仔约定，以后大家轮流去参加这样的活动。春哥给小睿和番仔分别安了个头衔：小睿是公司的 CTO（首席技术官），番仔是公司的 COO（首席运营官），表明二人都是公司的创始人兼高管。

这个制度执行下来，春哥顿时感到轻松了许多，因为需要他亲自出席的活动少了 2/3。

再到后来，春哥干脆约定，谁有空就谁去。试行了半个月，番仔出席活动的次数最多，究其原因，不是番仔空余时间最多，而是番仔喜欢抛头露面。

在离公司不远的一家星巴克咖啡厅中，番仔对面坐着一位戴无框眼镜的年轻人，年轻人西装革履，头发打了发油，显得很光鲜。

“张总，幸会幸会，我上周在创业者论坛上听了您的演讲，非常精彩……”年轻人恭敬地对番仔说。

番仔客气地点了点头，然后问道："张总，你今天约我有什么事吗？"

眼前这位年轻人叫张超，是一家游戏公司的董事长，他托番仔以前的同事约番仔见面。

"张总，我就开门见山跟你聊了。我们是一家游戏公司，最近很火爆的几款手游和页游都是我们公司开发的，现在日活用户超过300万。今年公司的利润也不错，前十个月的净利润已经超过了3 000万元。"张超简单地介绍道。

现在的番仔跟几个月前的番仔已经不可同日而语了，经过了很多大场面的历练，番仔已经不是刚开始创业时那个毛头小伙子了。

番仔微微点了点头，说："张总，你们公司很厉害！"

"过奖了！我们近来发现，游戏玩家经常在一些电商网站交易装备，但是最近很多玩家向我们投诉，在交易中遭遇了诈骗甚至盗号的情况，所以我们想与贵司合作，开发一套基于区块链的游戏装备平台。"张超接着说道。

"哦，张总的想法挺好的。"番仔想了想说道，"只是我们现在几个项目的开发进度很紧张，短期之内可能安排不出人手。"

张超知道，如今的春链如日中天，对于一些小的合作项目很难有兴趣，于是继续抛出橄榄枝道，"林总，不瞒您说，现在有家A股上市公司正在与我们谈并购，目前的估值是7.5亿元，如果我们能加入区块链的概念，我相信估值至少在10亿元以上。"

番仔听了以后，点了点头，现在资本市场都在追逐有区块链概念的公司，魏英才的公司因为跟春链合作，最近估值涨了50%以上，所以张超希望引入区块链概念的确在情理之中。

张超又继续说道："如果贵司可以跟我们合作，我们愿意以比较低的估值让贵司入股，等我们被上市公司并购之后，贵司也可以快速套现。”

听张超这么一说，番仔有点心动，接着问道：“大概什么估值呢？”

张超想了想，然后说道：“我们上一轮融资的估值是1.5亿元，为了表示我们的诚意，我们可以让贵司以这个估值投资我们。”

这句话彻底打动了番仔，按照1.5亿元的估值投资，1 500万元占股10%，如果公司被上市公司以10亿元的价格收购，那么这1 500万元就会变成1亿甚至更多。

在公司每月一次的管理层会议上，小睿通报了最近一个月学位区块链项目的进展情况，除了进一步加深跟某人才招聘网的合作，春链与其他人才招聘网站以及一些大公司的人力资源部的合作也在陆续开展。

春哥明确表示，公司现在的工作重心还是在既有业务上深耕细作，同时，从学位区块链延伸出来的工作经历区块链项目也将是未来半年公司工作的重点。

春哥在公司管理上非常民主，让小睿和番仔自由地表达想法和建议。

“春哥，最近有个做游戏的公司想跟我们合作，用区块链进行游戏内装备的交易。我上周做了一些调研，目前市场上游戏装备的交易每年都有几十亿元的规模，但是现在的交易方式缺乏安全保障，所以经常发生诈骗、盗号等问题。如果基于区块链构建游戏装备及账号的交易平台，我觉得可以很好地解决这个问题。”番仔认真地说道。

春哥想了想番仔的提议，说道：“番仔的建议挺好的，不过当务之急还是把学位区块链和工作经历区块链项目做扎实。既然区块链在这两个方向的应用利润很大，我相信其他区块链团队很快也会跟进，形成竞争，我们必须与更多的大学签约，才能构筑更牢固的竞争壁垒。”

小睿也点了点头，说道：“我赞同春哥的意见，虽然现在使用我们学位区块链组件的学校已经超过了500所，但还远远不够，因为我们现阶段覆盖的是重点知名大学，还有很多二三流学校以及一些高职院、技工学校我们还没拓展。”

番仔似乎并不想放弃，说：“春哥，小睿姐，我认为拓展这个方向的业务花不了什么人力，因为咱们春链的平台已经比较成熟，这个业务只是在平台上增加一个应用而已。”

春哥拍了拍番仔的肩膀，语重心长地说道：“番仔，初创公司其实最忌讳业务多元化，虽然从研发上来看，开发一个游戏装备交易平台只是在现有的平台上增加一个应用，但后期要把这个项目运营好，需要大量人力和资源的投入。”

“春哥，公司现在已经走上了正轨，我认为可以再增加一些人手。而且作为公司的COO，我对运营还是很有信心的。”番仔继续说道。

三人讨论了半天，最终还是没有达成一致，春哥只好发话：这个项目以后再议。

与张超第二次见面时，番仔将公司内部会议的讨论结果告知对方，这个结果让张超感到非常失望。

“张总，很抱歉，这事没办法帮你们了。”番仔对张超说道。

“没关系，”张超语气中透露着遗憾和失落，“张总，我觉得跟你很谈得来，或许将来还有机会合作。”

番仔点了点头，继续说道：“说实话，公司虽然不打算合作，但是我非常看好你们这个游戏装备交易平台，因为我自己也经常玩游戏、买装备。”

“哦，”张超眼前一亮，接着说道，“如果张总真的看好我们这个项目，即便跟贵司不能合作，我们也愿意跟你个人合作。”

番仔其实在与张超见面之前就已经做好了这样的打算，只是这个提议不能由他提出，最好是张超自己提出来。

番仔故作沉吟，然后说道："这样合适吗？"

张超笑了笑，然后说道："张总放心，我们不会让你做违规的事。我之前研究过，游戏装备交易中心可以构建在贵司的'春链'平台上，也可以构建在其他区块链平台上，比如以太坊。"

听张超这么一说，番仔知道对方对区块链也不完全是外行，于是直接说道："张总想如何合作？"

"条件一样，按照 1.5 亿元估值，我让你入股 10%。至于区块链的开发工作，我已经组建好了团队，你只需要帮我们站个台就行了。只有你成为我们的股东，上市公司对我们的区块链技术才会更加有信心。"张超说道。

对方提出的条件非常诱人，这让番仔不禁担心这会不会不太靠谱。

番仔接着说道："仅仅让我站个台，你就愿意给 10%？"

"虽然按低估值给你 10% 的股份我们看似亏了，但是你的加盟至少可以让我们的估值提升 50%，所以这笔买卖其实很划算。"张超笑着说道。

番仔想了想说道："这也算是个双赢的结果。不过，我现在拿不出 1 500 万……"

"这倒是个问题，"张超想了想说道，"因为被上市公司并购，每位股东一定是要完成出资的，我也帮你想想办法吧！"

春哥端着一杯碧螺春走进了小睿的办公室，在小睿对面的椅子上坐下。

春哥喝了一口茶，把杯子放在桌面上，对小睿说道："我听说最近接入春链电子学位证书系统的学校已经超过 600 家了，系统的效率不会受影响吧？"

小睿自信地点了点头，说："完全没问题，节点的记账效率和同步效率我们近期都做了优化，可以毫不夸张地说，就算全球的学校都接入，系统都能支持，没有任何问题！”

春哥满意地点了点头，说：“对了，最近好像在办公室很少看见番仔。”

小睿想了想，然后说道：“听你这么一说，我也发现最近很少看见他。不知道最近这小子在忙啥。”

两人正聊着，一位员工敲门进来，对春哥说道：“冯总，有位叫冯北的先生来拜访你，我安排他在会议室等候。”

“哦，冯北来了，这家伙也不提前说一声，就喜欢搞突然袭击。”春哥有些意外地说道。

“小睿，你先忙吧，我跟冯北先聊聊，然后中午一起吃饭。”春哥说完，便起身出门去见冯北。

冯北还是一副神采奕奕的样子，白净的脸上始终保持着微笑，见春哥来了，立刻说道：“春总，你现在可是链圈的大名人了！”

春哥斜眼看了冯北一眼，说：“你小子每次见面不挤对我两句，心里面就不舒服是吧！”

春哥让员工端来两杯茶，然后跟冯北天南海北地聊了起来，毕竟两人是多年的同学，可聊的人和事很多。

聊了一会儿，突然冯北表情严肃地说道：“春春，上次老靳那件事，我很抱歉。”

“老靳什么事呀？”春哥有些迷惑地问道。

“老靳故意压低你的估值，你打电话咨询我的意见，哎，我……”冯北的脸上闪过一丝惭愧的神色。

“冯北，我们这么多年兄弟，你主动引荐投资人，虽然最后没合作成，但我也不会怪你呀，别多想！”春哥拍了拍冯北的肩膀，大度地说。

那天从老靳的办公室出来，春哥就打电话问冯北的意见。因为之前老靳承诺会帮冯北在公司争取更多的期权，所以冯北明知道 5 000 万元的估值偏低，但还是告诉春哥可以接受老靳的投资。

冯北点了点头，继续对春哥说道：“另外，我还要告诉你一件事……”

春哥见冯北的表情更加严肃了，笑着说道：“你严肃的样子让我很不习惯。”

冯北的表情放松了一点，说道：“这对你还是一件挺重要的事。前几天我听说你们公司有位股东把手上的股份抵押给了老靳。”

听冯北这么一说，春哥的脸色马上就变了。

春链召开临时股东大会，却只有春哥、小睿、宁佳和伍晟四位股东参加。

“番仔还在派出所接受调查。”春哥有些郁闷地说道，“他投资的那家游戏公司，在游戏社区里设置了一个高息理财产品，起初游戏玩家只是把一些游戏币投入进去，就可以用赚到的游戏币在游戏里购买装备。接着，这家游戏公司承诺，游戏币可以以与人民币以 1∶1 的比例自由兑换……”

小睿想了想说道：“大家都把钱换成游戏币，放在游戏社区做高息理财，赚到的钱又兑换成人民币，这不就是 P2P 理财！”

“这家游戏公司比 P2P 公司高明多了。它们把玩家理财充值的钱当作公司的收入，所以公司才成立大半年，利润就突破了4 000 万元！前不久还在找上市公司做并购。”春哥继续说道，“但 30% 的年化收益，迟早都会爆雷！果不其然，上周公司的实控人失踪了，公司账面上的两个多亿也消失了，番仔作为公司的股东，正在接受调查。”

春哥喝了一口水继续说道：“但更严重的问题是，番仔当时投资这家游戏公司的 1 500 万元是找人借的，是用春链的股票做了抵押！现在游戏公司爆雷，那位债权人到法院起诉，要求番仔还钱，否则就要把春链的股票过户给他。”

“哦？”伍晟似乎觉察出什么信息，沉吟了一会儿问道，“这位债权人是谁？”

春哥摇了摇头，说道：“老靳！”

伍晟忍不住笑起来了，说：“这只老狐狸还真有点不择手段，当初明明是他太贪婪，错失了投资机会，现在又来玩这种下作的手段！不过，你当初赠予番仔股份的时候，没有约定股东质押股票需要得到股东大会的同意吗？”

春哥和小睿都摇了摇头，说道：“我们当时的协议签得不够严谨。”

“大不了我们用公司的钱替番仔还债就是了。”小睿心直口快地说道。

“按照公司章程，公司借款超过五百万需要全体股东一致通过，现在番仔还在接受调查，无法表决，并且如果公司的现金流被全部抽走，公司的业务怎么办？”伍晟说道。

春哥和小睿不得不承认，伍晟的确经验丰富，考虑问题更加全面。

“钱不是问题，我可以借给番仔。但是公司在章程和股权协议上有很多风险点，现在正是亡羊补牢的时候。另外，随着公司的扩张，未来还要对高管和骨干员工授予股权，我们需要设置一个员工持股平台，既可以用股权方式激励员工，又可以防止股权分散影响春哥对公司的控制力。”伍晟继续说道。

春哥不得不承认，之前对公司的股权设置考虑过于简单，导致这次差点被人钻了空子。

“如果不借钱给番仔，老靳起诉番仔怎么办？”宁佳问道。

“这事就包在我身上吧！”伍晟爽快地答应道。

春哥没有出面去跟老靳谈判，因为伍晟打了一个电话，老靳很爽快地撤回了对番仔的诉讼。作为回报，伍晟把一个老靳追逐了半年的人工智能项目的百分之五的跟投权给了他。

老靳很聪明，知道有伍晟这尊大神罩着春链，他想用手段巧取豪夺春链的股份不太现实，还不如接受伍晟的条件，抓住眼前的实惠。

伍晟一直怀疑游戏公司事件从头到尾都是老靳做的局，但是老靳矢口否认，并且伍晟从游戏公司的股权结构中也没看到这家公司与老靳有什么关联。

在宏软旁边那个茶社，春哥、小睿、番仔又坐在第一次见面的那个包间，要了第一次见面时喝的茶。

番仔耷拉着头，手里捧着茶杯，一言不发。小睿在一旁，脸色铁青，怒其不争地看着番仔。

“是不是春链盘子太小了，容不下你了？”小睿非常生气地说道。

番仔缓缓地摇了摇头，闭口不说话。

“那你就是想赚快钱了！投资1 500万元，两年就能变成1亿，天上掉馅饼的事你也相信，要真的是馅饼，别人凭什么要给你呀！”小睿继续生气地说道。

“他们当初是想要我去站台，说加上区块链的概念公司估值会大涨，所以……”番仔终于开口回答道。

“好呀，现在钱没赚到，还欠了1 000多万的债，你终于开心了！”小睿继续数落着番仔。

番仔是小睿拉到公司来的，春哥不便开口批评他，但是小睿一定要好好教训他。

“好了，吃一堑，长一智吧！”春哥拍了拍番仔的肩膀，语重心长地说道，“想赚钱不是问题，不过还是要沉住气，俗话说‘财不入急门’，好好反思一下吧。”

“好的，春哥、小睿姐，我知道错了！”番仔痛哭流涕地说道。

“小睿，我们赶紧找个法务，好好审查一遍公司的章程和协议，免得以后又让别人钻了空子。”春哥对小睿说道。

第十章

为什么要上市

企鹅网络出高价并购春链公司，创业团队内部意见不统一；宁佳阐明公司上市的目的及意义，让众人明白，只要齐心协力做好公司业务，将来上市是水到渠成的事……

番仔的事对于全公司的人来说，都是一个很好的教训，春哥聘请了一家知名的律所作为公司的常年法律顾问，律所把公司的章程和协议重新梳理了一遍，针对一些协议中存在的风险漏洞也签订了补充协议。

在接下来的一年半里，公司在学位区块链、工作经历区块链的基础上又拓展了一两个新的业务板块，其中就包括当初让番仔折戟的游戏交易区块链。与此同时，公司估值已经超过了20亿元，每年净利润也超过了6 000万元，员工人数从最初的3个人扩展到了50多人。

按照公司目前业务发展的速度，预计明年的业务收入将超过4亿元，而净利润也将超过1亿元，这样的盈利水平已经超过了很多A股的上市公司。而春链对外合作的业务基本都采用预付费的模式，因此，公司不仅利润很高，账面上的现金流也极好，在资本圈的眼中，春链就是一家现金奶牛公司。

西山半山腰一个古色古香的茶苑隐匿在密密匝匝的枫树林之中，春哥和伍晟在茶苑一处幽静的别院中泡茶聊天。

伍晟泡了一泡大红袍，倒进一个紫砂茶杯并把它放在春哥面前，说道："试试，我从福建买来的大红袍。"

春哥看了看那个精致的紫砂茶杯，笑着说："这么小的杯子，我一口就能喝完！"

伍晟也笑了，说道："你大概是北方人吧！喝功夫茶就是要一小杯一小杯地慢慢喝，这样喝的时间才够长，有足够的时间来聊天谈事。”

春哥笑着点了点头，端着茶杯一口就喝完了，然后说道：“好茶！”

伍晟笑了笑，默不作声，又给春哥续上，然后才说道：“你也该换换口味了。你现在已经不是两年前的春哥了，春链也不是两年前那个不起眼的小公司了。”

春哥知道伍晟今天约他来肯定不只是喝茶聊天这么简单，于是说道：“是呀，公司发展这么快，也让我始料未及。”

“未来有什么打算？”伍晟自己也喝了一口茶，慢慢在嘴里面品了品，感觉对水温有些不满意。

“把现有的业务继续做好吧，其他没有太多想法。”春哥缓缓说道。

“在资本运作上呢？”伍晟继续问道。

春哥摇了摇头：“没想过！”

“我今天是代表企鹅网络，”伍晟笑了笑，给自己续了一杯茶，才又继续说道，“他们想并购你们公司，让我来跟你谈谈。”

春链最近两轮投资，企鹅网络都是领投方，目前持有公司 23% 的股份，算是公司的第二大股东。

伍晟的话让春哥感到很突然。春哥压根就没想过要卖掉公司，况且以企鹅网络的做事风格，投资体外的公司很少会并进上市公司体内，基本套路都是扶持被投公司上市，然后在二级市场寻求机会退出。

“以春链目前的体量并入上市公司，对公司现在的市值并不会产生太大的影响吧？”春哥想了想说道。

春哥说的不错，企鹅网络现在的净利润接近 1 000 亿元，春链才 6 000 万元，这种并购在财务报表上的提升微不足道，春哥想不明白企鹅网络现在要并购春链的目的是什么。

“并购的目的肯定不是利润。企鹅网络这几年投的公司中利润比你们多的不少。”伍晟一边说一边把茶壶里面的茶倒掉，重新泡了一壶，显然他对之前那一泡茶不太满意。

“那是为什么？”春哥问道。

“企鹅网络现在缺你们这个业务板块。”伍晟言简意赅地回答道，“大数据、人工智能、AR、VR…… 这些领域公司都已经布局完了，而且与竞争对手的优势还很明显，唯独在区块链上，公司团队做得不好，或者说是你们做得更好。”伍晟说道。

“戚大，我从来没考虑过这件事，所以你今天问我，我也没有答案。”虽然已经知道戚晟其实是伍晟，春哥还是习惯用“戚大”来称呼对方。

“没事，你慢慢考虑。当然企鹅开出的价码也不低，不少于上一轮融资估值的 3 倍。至少从开价上来说，他们是很有诚意的。”伍晟笑着说道。

春链上一轮融资的投后估值是 18 亿元，如果按照三倍计算，公司现在的估值已经超过 50 亿元了，也就意味着春哥、小睿和番仔这几位创始人都成了亿万富翁。春哥之前从来没想过自己能成为亿万富翁。

国内很多创业公司如果得到企鹅网络的投资或收购意向，创始人通常会毫不犹豫地答应，但是这个机会摆在春哥面前的时候，春哥却犹豫了。

春哥想了想，缓缓开口问道：“戚大，如果你是我，你会怎么办？”

伍晟听罢，笑了笑，说道：“这是个好问题。但是没有如果，所以我不会告诉你怎么办。作为股东以及股东的代表，我已经有了倾向性，所以我的意见或者建议已经不客观了，这个需要你自己拿主意。”

春哥点了点头，他越来越觉得伍晟是个值得信赖的人，至少在这件事上，他没有站在企鹅网络的立场来游说自己。

伍晟又喝了一口茶，想了想，开口说道：“你不是还有一位顾问吗？”

春链公司的高层闭门会议照例请了宁佳出席。

作为春链公司不领薪水的财务顾问，宁佳的意见越来越被春哥重视。因为一方面，在春链的发展历程中，宁佳的意见屡次被证明是正确的；另一方面，旁观者清，宁佳作为公司的旁观者，对形势的分析更加客观全面。

四人坐在春哥办公室的沙发上，春哥给每人发了一瓶纯净水，然后说道：“今天，我想向各位通报一下最近公司的一些情况！”

番仔拧开盖子，喝了一口水，说道：“春哥，公司的经营情况在周报上写得很详细，不用麻烦你来通报了！”

番仔话刚落音，小睿就不客气地怼了他一句：“你给我老实听着，别插话！”

虽然番仔现在是估值 20 亿元公司的高管，但在小睿面前还是像小学生一样，被驯得服服帖帖。

在一旁的宁佳见状，忍不住捂着嘴笑了起来。

春哥也不理会番仔，接着说道：“周末，戚大代表企鹅网络约我聊了聊，说企鹅网络计划收购我们公司。”

春哥的话刚一说完，另外三个人都露出了惊讶的神情，这个消息太突然，显然三人都没有心理准备。

番仔反应比较快，问道：“春哥，他们收购的估值是多少？”

“不低于 50 亿。”春哥平静地说道。

“50 亿！”番仔的眼睛睁得像铜钱一样大，“那我们都成为亿万富翁了，哈哈！”

小睿和宁佳作为女生不像番仔表现得那么夸张，但是当春哥说出 50 亿这个数字的时候，两人内心还是按捺不住地激动起来。

“你答应了吗？”小睿平复了一下情绪问道。

春哥缓缓地摇了摇头，说：“我没有答应也没有拒绝，这事我要跟大家商量一下，所以今天就是想听听大家的意见。”

番仔迫不及待地举手发言，说：“春哥，我先说吧！如果能被企鹅网络收购，对我们来说绝对是天大的好事，企鹅网络接近 10 亿的 C 端的流量是某人才招聘网那样的公司不能比的，如果企鹅网络导流给我们，我们公司的营业收入至少是现在的 10 倍。而且企鹅的出价也算是有诚意，我觉得这是好事，背靠大树好乘凉！我举双手赞成！”

春哥听了点了点头，又转向小睿问道：“小睿，你有什么意见？”

小睿认真地想了想，然后说道：“说实话，50 亿这个数字把我吓了一跳，我也激动了好一会儿。正如番仔所说，企鹅并购我们公司，的确可以给我们带来很多资源，而且我们个人的财富也会增加很多，但如果春链成为企鹅网络的子公司，甚至成为一个事业部，春链还能完全按照我们的规划来发展吗？我认为不太可能。”

听了小睿的意见，春哥也点了点头，说：“我觉得我们公司的风格跟企鹅还是差别蛮大的。”

“比方说我们三个人一起画一幅画，现在已经完成了一大半了，突然来了一个人指指点点，要我们这儿加朵花，那儿加一只鸟，但这些指令都违背了我们的初衷，那么画这幅画还有意思吗？”小睿打了一个比方。

“但是小睿姐，人家已经出高价钱把画买下来了呀！”番仔还是试图说服小睿。

“买下来了，他就自己画呀，我才不愿意被他呼来喝去！”小睿倔强地说道，“如果这幅画最后完全背离了我们最初的构想，你不觉得很可惜吗？”

番仔不说话了，因为他觉得不把公司卖给企鹅网络才是真的可惜。

“好吧，那小睿就是反对并购了。”春哥总结道。

小睿点了点头，接着又说道：“其实我还有个梦想……”

听小睿这么一说，大家都觉好奇，番仔赶紧问道：“小睿姐，你还有什么梦想？”

小睿想了想，才又继续说道：“我的梦想是去纳斯达克敲钟！”

众人目光惊异地看着小睿，没人会想到，一向无欲无求的小睿，竟然会有这样一个梦想。

春哥像发现了新大陆一样，反复打量小睿，然后才又问道：“为什么是去敲钟？还是去纳斯达克？”

“我觉得，如果创办春链是我这辈子做得最成功的一件事，那么去纳斯达克敲钟就是纪念这件事最有仪式感的方式。”小睿语气平静地说道。

听小睿说完，宁佳微笑着点了点头，然后又拍了拍手，说：“每个人都应该把生活过得更有仪式感。”

这时候，唯恐天下不乱的番仔笑着对春哥说：“春哥，宁佳姐这是在说你呢，没有仪式感，不浪漫……”

春哥看了宁佳一眼，然后对番仔狠狠地说道：“这是正式场合，不要胡言乱语！”

小睿听番仔这么一说，也忍不住笑了，说道：“其实吧，我觉得番仔这话说得也没太大问题，呵呵……”

春哥见小睿和番仔已经结成了同盟，于是赶紧说道：“宁佳，你的意见呢？”

宁佳想了想，然后说道：“无论是被上市公司并购，还是独立 IPO 去纳斯达克敲钟，或者是借壳上市，本质上都是将春链变成一家公众公司，也就是我们常说的上市。那么我想问各位一个问题，一家公司为什么要上市？”

宁佳这个问题让会场瞬间安静了，无论是春哥、番仔、还是想去纳斯达克敲钟的小睿，其实都没认真想过公司为什么要上市这个问题。

“我先问个问题，什么是借壳上市？”番仔举手发问。

“好，我先回答番仔的问题。”宁佳像一位老师一样，对番仔说道，“在国内，上市是一个漫长的过程，快则一两年，慢则三五年，很多公司等不了这么长的时间，怎么办呢？最简单的办法就是由这家公司的股东买下一家上市公司，然后把自己的主营业务装到买下的那家上市公司里，间接地实现公司上市，这种操作手法就是借壳上市。”

小睿继续问道，“但是买一家上市公司需要不少钱吧？”

“很少有直接用现金买下上市公司股份来借壳的，比较常见的手段是定向增发股票、收购资产、变更实际控制人……这个说来话长，有时间单独聊吧。”宁佳说道。

“宁佳姐，你懂的真多！”小睿心悦诚服地说道。

“我是财经记者，当然要知道这些。”宁佳谦虚地说道，“就好比我看你们写程序，我也在想，你们竟然能写出这些像天书一样的程序来，简直是天才。”

“宁佳姐，我先说说我的想法。我认为，只有上市才能证明自己创办的公司是一家成功的公司。”向来喜欢在会议中活跃气氛的番仔率先发表意见。

宁佳看了看春哥，又看了看小睿，问道：“你们赞同这个观点吗？”

春哥和小睿都不置可否，在他们看来，一家公司如果能上市，的确能证明这家公司很成功。

“好，我先问番仔一个问题。你认为华为是一家成功的公司吗？华为需要用上市来证明自己的成功吗？”宁佳问道。

原本番仔觉得自己的观点很正确，但被宁佳这么一问，他就开始动摇了。华为作为全球通信行业的领军企业，无疑是一家很成功的公司，这是公认的，但华为的确不是一家上市公司。

番仔点了点头，认同了宁佳的观点，好公司不一定要靠上市来证明自己。

“其实不止华为，瑞典的宜家、德国的博世、丹麦的乐高……这些优秀的公司都没有上市。现在一些优秀公司的创始人都是实干家，他们很少为了赢得一个上市公司的名声而选择上市。”宁佳接着说道。

众人终于明白了，足够优秀的公司其实不需要通过上市来证明自己，很多公司先是因为优秀而后才水到渠成地上市。

宁佳又看了看春哥，春哥在认真思考宁佳的问题，一直没有发言。

“春哥，你怎么看？”宁佳问道。

春哥想了想，然后说道：“我认为大部分公司上市是为了融资。”

“嗯！”宁佳点了点头，对春哥的观点表示认可，“春哥说得很对。现在很多公司上市是为了融资。在国内，上市公司不仅可以在 IPO 的时候发行股份募集资金，也可以在上市之后采用定增、发债等多种手段募集资金，所以一家公司上市之后融资会比较容易，有利于公司做大做强自身业务。”

“但是，很多公司并不差钱，为什么还要上市融资呢？”小睿皱着眉头问道，

“听说前几年深圳有家制药公司，公司的利润很高，现金流也很好，但公司还是选择上市融了五六十亿的资金，但是一年后，这五六十亿的资金还存在银行的账户里面，用于赚取利息，很多股民表示强烈不满。”

宁佳点了点头，说：“这涉及另外一个话题，公司从初创到上市的过程中接受了很多机构的投资，这些机构不可能跟公司一辈子，它们通过投资公司来赚钱，所以当初的投资协议中就包含了退出协议。”

“嗯？”春哥一脸疑惑地看着宁佳，“我们跟戚大和企鹅网络签订的投资协议中，好像并没有关于退出的约定。”

“戚大当初是诚心帮你，为了不给你压力，所以没有增加退出条款。至于企鹅网络嘛，当时是我代表各位去跟他们谈的，因为咱们春链炙手可热，投资的机构很多，所以我坚持不能有退出条款，加之企鹅网络是战略投资，所以他们也就同意了。”宁佳简单地把事情经过说了一遍。

“哇，宁佳姐你太厉害了，悄无声息地帮我们做了这么多事。”番仔一脸佩服地说道。

“你以为所有人都像你，做了一点事，就要让全公司都知道！”小睿挤兑番仔说道，“拜托，你现在好歹也是公司的高管了，稳重一点！”

番仔长长叹了一口气，很不爽地说道：“小睿姐，你都说我是公司的高管了，不要动不动就教训我。”

春哥赶紧出来打圆场：“好了，你们知道我请的这位高参是多么明智就行！宁佳，你接着说。”

宁佳点了点头，说：“投资机构的目的是赚钱，所以它们的投资协议都会约定在投资满一定年限之后，标的公司要上市，否则公司的创始股东要以一定的估值回购投资机构手中的股份。”

“这个条款看上去像霸王条款。”小睿说道。

“也不能这么说，大部分投资机构的钱都是对外募集的，它们与合伙人之间也有协议，基金必须在规定的时间内退出，所以投资机构的压力也很大。”宁佳解释道。

“所以公司上市，也是为了这些投资机构能退出赚钱！”春哥终于明白了一点。

宁佳点了点头，说：“现在，公司独立 IPO 或者被上市公司并购成为很多投资机构选择的主要的退出方式。回到咱们公司的实际情况中，我们现在并不需要融资扩大业务规模，也没有股东的退出压力，所以各位还认为现阶段上市是一个很好的选择吗？”

春哥、小睿和番仔听了都点了点头。的确，在上市这个问题上，他们都没宁佳想得清楚。

“不仅如此，如果作为一家上市的公众公司，我们的财务、法务、税务都要做到严格规范，而我们公司在这三方面有很多地方需要改进。

“还有，上市公司任何重大决策都需要公告，比如外部合作、对外投资或是新产品的研发……这些公告都可能涉及商业机密。如果没上市，我们完全可以对外保密，不让竞争对手知道。”宁佳又继续阐述自己的观点。

“这里面学问好多。”小睿感叹道。

“看来我们还有很多东西要学，不仅仅是研发一个产品、一个平台。”春哥也感叹道。

“春哥，你是公司的 CEO，你现在就要琢磨这些了。不过还好有宁佳姐帮你，哎，你真是有福气呀！”番仔一语双关地说道。

“宁佳，听你这么一说，我觉得现在还不是上市的时候。”春哥对宁佳说道。

“嗯，等咱们准备好了，上市是水到渠成的事。”宁佳总结陈词。

“好，这事就这么定了，我们暂时不接受企鹅网络的并购，也不考虑 IPO 的事，大家先全心全力把业务做好。”春哥一锤定音。

宁佳这一番话，说得有理有据，众人的意见很快统一了起来。

（两年之后　创业咖啡）

春哥带着春链公司的一众高管小睿、番仔、宁佳来到了创业咖啡。宁佳在一年前辞去了报社的工作，全职加入春链，担任公司的首席媒体官。

创业咖啡的佟掌柜带着春哥一行来到 VIP 包房。此刻 VIP 包房里有三个年轻人正在电脑前埋头写着程序，春哥仿佛看到了刚创业时候的春链团队。

“这是一个刚成立三个月的创业团队，我投了他们 100 万。”创业咖啡的佟掌柜笑着说道。

春哥对佟掌柜点了点头，笑着说道：“佟掌柜，当初你怎么不投我们一点？”

“哎，别提了！早知道你们能去纳斯达克上市，我怎么也该投你们三五百万！”佟掌柜一脸懊悔地说道，“我观察了他们三个月，感觉这三个年轻人还挺勤奋，所以就试试吧！”

“佟掌柜，非常感谢你当年对我们的关照，所以我们诚挚邀请你跟我们一起去纳斯达克敲钟。”春哥诚恳地说道。

“真的？我真的有机会跟你们一起去纳斯达克敲钟？”佟掌柜几乎不相信自己的耳朵，兴奋地问道。

“佟掌柜，我们说的是真的！”小睿笑着说道，“你往返美国的机票和住宿我们全包了！”

佟掌柜笑得合不拢嘴，说：“太好了，我现在可以在我老公面前嘚瑟了！到时候我一定把敲钟的照片放在咖啡馆里。说实话，我真没想到一家上市公司竟然就诞生在我的咖啡馆里！”

春哥刚走进VIP包房，三位创业者一眼就认出他来。如今的春哥是创投圈炙手可热的名人，他创建的春链公司已经是区块链行业的独角兽了，估值超过了一百亿美元，下个月将在纳斯达克上市。

三位创业者如同粉丝见到偶像一样，赶紧围过来跟春哥寒暄，请求春哥与他们合影留念。

“不好意思，今天过来是想借你们的宝地拍张照。”春哥很客气地对创业者说道。

“冯总，这宝地本来就是你的，我们也想沾沾你的喜气，希望将来也能成为一家上市公司！”领头的那位创业者说道。

春哥点了点头，拍了拍他的肩膀说：“好好干，你们一定有机会！”

春哥带着小睿、番仔、宁佳以及其他几位高管围着玻璃房那张小圆桌拍了一张合影。春哥看了看包房里的小圆桌、小沙发、椅子以及墙上英伦风的海报，心里无限感慨。

“小睿、番仔，你们还记得第一天踏进这个玻璃包房时的情景吗？我当时很担心你们会对环境不满意。”春哥忆苦思甜地说道。

“春哥，其实我挺喜欢这儿的，我觉得在这儿写程序才有做极客的感觉！”番仔笑着说道。

小睿点了点头，笑着说道：“其实我也无所谓，只要有电脑写程序就行，当然网速不能太慢！”

“当年我在这里对春哥做过两次专访，我还保留着当时的照片，有一张是春哥、小睿、番仔从电脑后面探头微笑的样子，我至今印象深刻。”宁佳也感慨道。

“你们回头把照片也发给我，我印出来挂在墙上。”佟掌柜高兴地说道，“说明我们这个 VIP 包房是风水宝地！”

其余高管都是后期才加入春链的，对春哥最初创业的情况并不了解，一位高管问春哥：“冯总，你们那时候想过公司能上市吗？”

春哥笑着摇了摇头，说：“你可以问问睿总和张总，我从来没有拿上市来忽悠他们跟我一起创业。”

“我听说睿总和张总当时都在宏软，而且睿总在宏软的级别还不低，能放弃那边的稳定工作出来创业，那是非常有勇气的！”那位高管继续说道。

小睿想了想，说道：“我上大学那会儿就听说过春哥的大名，所以索性出来搏一搏！人有时候还是需要一点情怀的。”

众人听了都忍不住笑起来。

不知什么时候，伍晟也来了，春哥赶紧把伍晟请了进来，笑着说道：“戚大，你当年写代码的那张小桌子还留着呢！”

伍晟摇了摇头，说：“哎，我当年路过创业咖啡，不过是在门口看了看这三个人在干什么，结果就被番仔硬拽进来面试。”

伍晟一说，众人都笑了，番仔不好意思地说道：“我当时在网上发了一则招聘启事，一个星期都没人来面试，好不容易逮到一个，得赶紧跟春哥交差呀！”

众人又是一阵笑声。

“是呀，我堂堂企鹅网络的 CTO，被他们扣在这个包房里写了两个月的程序，最后交了 1 200 万的赎身费才得以脱身，”伍晟调侃，“真是人心不古呀！”

“戚大，我如果没算错，你那 1 200 万的赎身费现在可至少涨了 300 倍！”宁佳在一旁笑着说道，“这种好事可不是每个人都能碰到的！你两个月的程序也没有白写。”

伍晟哈哈大笑了几声，说道：“其实还是春哥好本事，我当时投 1 200 万的前提是一定要把你弄到公司里面来，没想到春哥不仅把你骗到公司来了，顺利把女朋友也骗到手了，不知道这算不算假公济私。”

听伍晟这一说，众人又是一阵笑声，宁佳不好意思地低下头，春哥赶紧说道：“戚大，你看我这诚恳的面庞，憨厚的笑容像是能骗得了宁佳的样子吗？我们这是志同道合，互相成就！”

伍晟摇了摇头，说道：“从零开始把公司做上市就是你的能耐，你现在怎么说都是对的，所谓成王败寇！”

春哥也摇了摇头，对伍晟和众人说道：“各位，上个月得到公司可以在纳斯达克挂牌交易的消息，我激动了好几天，我当时觉得自己成功了，对创业的小伙伴和投资人可以有个交代了。但是兴奋劲儿过了以后，我才意识到，在纳斯达克上市不仅是自己创业成功的标志，对公司来说更是一个新的起点。春链上市后的市值可能会超过 100 亿美元，但再看看苹果、亚马逊，它们的市值都已经突破了 1 万亿美元。如果我们的征途应该是成为像苹果、亚马逊一样伟大的公司，那么现在的我们还任重道远！所以，我不会松懈，我也希望在座的每个人都不要松懈，一起努力，共创未来！”

春哥的话音刚落，包房里就响起了热烈的掌声，每个人都以赞赏的眼神看着春哥，而宁佳的眼神里还多了一丝崇拜。

春链上市一年以后，春哥与宁佳步入了婚姻殿堂。宁佳也辞去春链的工作，成了一名专职财经作家，她把春哥创业的全部历程写成了一本书，名叫《春哥区块链创业记》。

致谢

历经半年的波折和努力，我们四位作者终于迎来了这本书的出版。在关于区块链的书籍发行火爆的今天，这本以区块链为主题的书得以成稿和发行，离不开各领域专家的支持和指点。借此机会谨向在本书策划和编撰中付出努力及做出贡献的朋友们表示感谢!

首先，要感谢人民邮电出版社。在它们的大力支持和指导下，本书得以出版面世，让我们有机会向大众表达自己的观点，和大家一起分享讨论。出版社的张渝娟女士、缪永合先生和王振杰先生在本书的撰写和出版过程中，和我们合作非常紧密。可以说，这本书是我们共同的心血结晶。我们负责写出一本让我们自己觉得骄傲的书，出版社的同事们则让这本书成为读者喜爱的书。这是我们在本书撰写之初给双方合作的责任定位。非常高兴的是，经过共同的努力，我们把书推向了市场，正在接受您的考验。

其次，要感谢我的两位同事，吴哲昊和王东祺。吴哲昊和王东祺是两位新生代软件工程师，拥有优秀的计算机技术背景，与我共事也有一段时间。请他们代表技术领域的读者来审核本书，是希望本书能够让拥有一定技术背景的读者很快掌握区块链技术的精髓并且可以有自己的看法。感谢两位付出的宝贵时间和提出的珍贵意见。

最后，感谢我们的家人。这本书是作者们用业余的时间完成的，编撰过程中得到了来自各自家庭的关怀和支持。谢谢你们，亲爱的家人。

感谢其他三位作者，陈炯、冯春、陆晟，他们是我的朋友和家人，是我的同门师兄和同班同学。跟你们合作非常愉快，一起做事的同时还重温了大学时代快乐温馨的时光。谢谢你们!

芮苏英
2018 年 8 月 18 日